U0085832

滄海叢刊

歐陽修詩本義研究

裴普賢 撰

1981

東大圖書公司印行

中華民國七十年七月初版

歐陽修詩本義研究

基本定價壹元柒角捌分

撰者 裴普賢
發行人 莊剛彰
出版者 東大圖書有限公司
總經銷 三民書局股份有限公司
印刷所 東大圖書有限公司
臺北市重慶南路一段六十一號二樓
郵政劃撥一〇七一七五號

行政院新聞局登記證局版臺業字第〇一九七號

歐陽修詩本義研究　目次

一、前言

歐陽修是人人皆知的宋代大文學家，元人脫脫宋史本傳就說：「爲文天才自然，豐約中度，其言簡而明，信而通，引物連類，折之於至理，以服人心，超然獨騖，衆莫能及，故天下翕然師尊之。獎引後進，如恐不及，賞識之下，率爲聞人，曾鞏、王安石、蘇洵、洵子軾、轍，布衣屛處，未爲人知，脩卽游其聲譽，謂必顯於世。」並連舉他史學的成就說：「奉詔脩唐書紀志表，自撰五代史記，法嚴詞約，多取春秋遺志。蘇軾敍其文曰：『論大道似韓愈，論事似陸贄，記事似司馬遷，詩賦似李白。』識者以爲知言。……論曰：三代而降，薄於秦漢，文章雖與時盛衰，而藹如其言，曄如其光，皦如其音，蓋均有先王之遺烈。涉晉魏而弊，至唐韓愈氏振起之；唐之文涉五季而弊，至宋歐陽修又振起之，挽百川之頹波，息千古之邪說，使斯文之正氣，可以羽翼大道，扶持人心，此兩人之力也。」但其經學的成績，一語未涉及。

查歐陽修曾歷仕北宋神宗、英宗、仁宗三朝，神宗實錄，神宗舊史，均有他的本傳，都敍述了他經學上的成績。神宗實錄墨本朱本本傳、舊史本傳，都載有他所著經學方面的易童子問三卷、詩本義十四卷。其中神宗實錄朱本及舊史本傳，並皆記述了他對經學的特見說：「論易，則以繫辭非孔子之言；論周禮，則疑非周公所作。是以君子之愛其文者，猶嘆息於斯焉。」可是對於他對詩經的主張却仍無所述。蓋宋元史官，只重視他的政事與文章，尤推崇他在宋代古文運動的成就，對他的經學，則取冷淡態度，或則不以爲然而加以惋惜者。

直到清代，他的詩經著作，才得到了在經學史上應有的地位。

紀昀在四庫全書的總目毛詩本義提要說：「自唐定五經正義以來，說詩者莫敢議毛鄭，雖老師宿儒，亦僅守小序，至宋而新義日增，舊說俱廢。推原所始，實發於修。」

皮錫瑞經學歷史一書敍述宋代詩經學說：「自漢以後，說詩皆宗毛鄭，宋歐陽修本義始辨毛鄭之失而斷以己意。蘇轍詩傳始以毛序不可盡信，止存其首句，而刪去其餘；南宋鄭樵詩傳辨妄，始專攻毛鄭，而極詆小序，當時周孚已反攻鄭樵。朱子早年說詩，亦主毛鄭，呂祖謙讀詩記引『朱氏曰』，卽朱子早年之說也。後見鄭樵之書，乃將大小序別爲一編而辨之，名詩序辨說，其集傳亦不主毛鄭，以鄭、衞爲淫詩，且爲淫人自言。同時陳傅良已疑之，謂以城闕爲偸期之所，彤管爲淫奔之具，竊所未安。馬端臨文獻通考辨之尤詳，謂『夫子嘗刪詩，取關雎樂而不淫。今以文公詩傳考之，其爲男女淫泆而自作者凡二十有四，何夫子猶存之不刪？又引鄭六卿餞韓宣子所賦詩，皆文公所斥以爲淫奔之人所作，而不聞被譏？乃知當如序者之說，不當如文公之說也。』是朱子詩集傳，宋人已疑之，而朱子作白鹿洞賦引青衿傷學校語，門人疑之而問，朱子答以序亦不可廢。是朱子作集傳，不過自成一家之言，非欲後人盡廢古說而從之也。王柏乃用其說而刪詩，豈朱子之意哉？」

甘鵬雲經學源流考則說：「四庫提要謂自歐陽修、蘇轍以後，詩家之別解漸生；自鄭樵周孚以後，詩家之爭端大起。紹興紹熙間所爭執，要其派別不出兩家。迄宋末，而古義牿亡，新學遂立。元代承之，理詩之家，祇箋疏朱傳。延祐頒制，而朱傳遂在學官。宋之兩派，至元遂一派孤行矣。」

綜合以上三人意見，大體可說，自漢以後，說詩多宗毛鄭，而自唐高宗永徽四年頒行五經正義以來，則說詩者更奉毛鄭爲圭臬，無敢議毛鄭者。至宋而別解漸生，新義日增，至於舊說俱廢。推原所始，實始於歐陽修詩本義之辨毛鄭之失，而斷以己意。這就是歐陽修詩本義在詩經學歷史上的地位。而對詩本義本身之評價，則紀氏之言曰：「修不曲徇二家，亦不輕詆二家，大抵和氣平心，以意逆志，故其所說，往往得詩人之本旨。」可爲代表。

因此我覺得，原來不爲人所重視的歐陽修詩本義，實有加以專文研究的價值，而研究詩經新義，也當從詩本義一書開始，遂有此文的撰寫。

二、書名、卷帙與版本

案宋代的史籍如神宗實錄、神宗舊史，以及原始的資料如吳充所撰行狀，韓琦所撰墓誌銘，及其子歐陽發所撰先公事跡等，都稱歐陽修所撰詩本義爲十四卷。但到元代脫脫所修宋史藝文志，已增爲「歐陽修詩本義十六卷，又補注毛詩譜一卷。」清朝四庫全書所錄，亦爲十六卷，書名則稱「毛詩本義」。陳氏書錄解題，亦十六卷。而晁氏讀書志則作十五卷。是以歐公所著此書，書名有「詩本義」與「毛詩本義」之歧異，而卷帙亦有十四卷、十五卷與十六卷之不同。吾人何所適從，是應先予查考者。

我們先從現有的三種版本來查考。現存的三種版本爲：(1)四部叢刊本，(2)通志堂經解本，(3)四庫全書本。

四部叢刊本爲上海商務印書館就上海涵芬樓景印吳縣潘氏滂憙齋藏宋刊本再影印而成。書名詩本義，全書三册，共十五卷，末附歐公補亡之鄭氏詩譜，與詩圖總序。後有海鹽張元濟跋云：「右書，晁志十五卷，與是本同。解題通考暨四庫均十六卷，則併圖譜而言也。……此爲宋刻本，……當刊於南宋孝宗之世，通志堂刊本卽從此出。然校勘未精，字句不免訛誤，篇次亦偶見顚倒。宋刻爲世間孤本，故亟印行，以餉世之治新經學者。原有開禧三年張瓘跋，此已佚，俟訪得續補。」

通志堂經解本為清徐乾學所輯，書名亦為詩本義。納蘭成德校訂，康熙十九年巴陵鍾謙鈞重刊。今流通者為臺灣大通書局影印本。共十五卷，與四部叢刊本同。惟後附圖序詩譜，乃先詩圖總序而後鄭氏詩譜，與四部本次序顛倒。書中文字亦略有出入，例如十三卷解義第二條，四部本第一句為「邶日月衞莊姜遭州吁之難。」而經解本無「邶」字。又如詩譜檜、鄭譜，詩篇名羔裘、遵路、女曰等均重見而零亂。經解本經納蘭校訂，已予整理。十三卷邶字諒亦納蘭所刪，以與第一條「甘棠美召伯也」及以下各條僅書篇名如「羔裘，晉人刺其在位不恤其民也」，「七月，陳王業也」，「板，刺厲王也」，「閟宮，頌僖公也」，均不標其所屬，求其一致。

惟校訂亦不精，例如卷二擊鼓篇第三行「今以義考之，當時王肅之說為是」。「當時」應校正為「當以」，其未校正與四部本同，而野有死麕篇第四行「建號稱三行化於六州」「稱三」二字亦未據四部本校改為「稱王」，可見一斑。

四庫全書本未印行，幸外雙溪故宮博物院圖書館尙藏有文淵閣孤本，經前往借閱，始知書目雖標毛詩本義十六卷，而書前紀昀提要，仍稱「詩本義」，其提要云：「臣等謹案，詩本義十六卷，宋歐陽修撰，是書凡為說一百十有四篇，統解十篇，時世本末二論，豳魯序三問，而補亡鄭譜及詩圖總序附於卷末。……乾隆四十五年五月恭校上。」前云十六卷，而後仍言詩譜圖序附於卷末。檢其內容，僅標前十五卷與四部、經解同。而末附之譜序，則未標為第十六卷。則實仍為十五卷末附譜與序耳。查其文字，則十三卷義解第二條無邶字，檜、鄭譜亦全與經解本同，僅桓王莊王下缺釐王惠王，未照經解本有「釐」「惠」二字，則四庫本實襲用納蘭所校定之經解本，其間偶有疏漏耳。

如上所述，我們現在所得，爲歐陽修所撰詩本義十五卷，書名不必冠毛字，卷數不必稱十六卷。而研究詩本義，則可以通志堂經解本爲準。

可是問題還沒解決，詩本義原稱十四卷，而現有十五卷，究竟是怎樣變化出來的呢？是分卷的不同，將原有十四卷分作十五卷呢？還是原有十四卷外，又增加了篇幅呢？

考詩本義不編入文忠公全集，而居士外集第十卷經旨中載有詩解統序及詩解八首，其內容與詩本義第十五卷同。詩解八首中，僅十月之交解一首改列最後。統序題下並加注云：「蜀中詩本義有此九篇，他本無之，故附於此。」則詩本義原爲十四卷，其後蜀本增加詩解八首並加統序爲九篇，遂成十五卷。據華孳亨增訂歐陽文忠公年譜，定歐公詩本義撰於嘉祐四年五十三歲時，則此九篇，或者是其早年所撰，故棄而不用，未入詩本義中。這樣，詩本義十四卷爲正文，第十五卷爲後人輯補。而圖序詩譜，則爲附錄耳。

三、詩本義內容與對宋代詩經學影響的考察

紀昀等在四庫全書歐陽修詩本義卷首的提要，述其內容並加評論說：「詩本義十六卷，宋歐陽修撰。是書凡爲說一百十有四篇，統解十篇，時世、本末二論，豳、魯、序三問，而補亡鄭譜及詩圖總序附於卷末。

「修文章名一世，而經術亦復湛深。王宏撰山史記：嘉靖時欲以修從祀孔子廟，衆論靡定。世宗諭大學士楊一清曰：『朕閱書武成篇，有引用歐陽修語，豈得謂修於六經無羽翼，於聖門無功乎？』清對以修之論說見於武成，蓋僅有者耳，其從祀一節，未敢輕議云云。蓋均不知修有此書也。

「自唐以來，說詩者莫敢議毛鄭，雖老師宿儒，亦僅守小序。至宋而新義日增，舊說幾廢。推原所始，實發於修。然修之言曰：『後之學者，因迹先世之所傳而較得失，或有之矣。使徒抱焚餘殘脫之經，倀倀於去聖人千百年後，不見先儒中間之說，而欲特立一家之學者，果有能幾？吾未之信也。』又曰：『先儒於經，不能無失，而所得固已多矣。盡其說而理有不通，然後以論正之。』是修作是書本出於和氣平心，以意逆志，故其立論，未嘗輕議二家，而亦不曲徇二家。其所訓釋，往往得詩人之本志。後之學者，或務立新奇，自矜神解，至於王柏之流，乃併疑及聖

經，使周南、召南，俱遭刪竄，則變本加厲之過，固不得以濫觴之始，歸咎於修矣。

「林光朝艾軒集有與趙子直書曰：『詩本義初得之如洗腸，讀之三歲，覺有未穩處。大率歐陽修二蘇及劉貢父談經多如此。』又一書駁本義關雎、樛木、兎罝、麟趾諸解，斥辨甚力。蓋文士之說詩，多求其意，講學者之說詩，務求其理。各得一偏，互相掊擊，其勢則然。然不必盡爲定論也。

乾隆四十五年五月恭校上。」

這裏對詩本義內容，分析爲五項：(1)一一四篇本義（一卷至十二卷），(2)統解十篇（卷十五），(3)時世、本末二論（卷十四），(4)豳、魯、序三問（卷十四），(5)補亡鄭譜及詩圖總序附於卷末（即卷十六）而以一一四篇本義爲主要部分，亦爲評論的對象。而紀昀未提及卷十三的一義解與取捨義，可視爲雛形的一一四篇。

至其評論，確可簡縮爲簡明目錄之五十餘字：「自唐定五經正義後，與毛、鄭立異者，自此書始。然修不曲徇二家，亦不輕詆二家。大抵和氣平心，以意逆志。故其所說，往往得詩人之本旨。」這是客觀的評論，因爲歐公承認先儒於經所得已多，且曾警告後人，不要輕棄舊說，自圖特立成一家之學。所以雖則「新義日增，舊說幾廢，推原所始，實發於修。」但追本王柏之刪經，歐公似爲始作俑者。而「固不得以濫觴之始，歸咎於修」也。

因此查考後來論歐公經學者，大家只說歐公爲宋人對經學舊說立異的開風氣之先者，其詩本義似對蘇轍、鄭樵、朱熹、王柏等未生直接影響。僅近人馬宗霍的中國經學史於宋之經學篇中，論朱子之學，却說他：「不徒有取於漢唐注疏，即同時之人，如胡瑗、歐陽修、晁說之、程迥、蔡元定之於易，王安石、蘇軾、林之奇、史浩、張栻、呂祖謙之於書，吳棫（詩補音）、歐陽修（毛詩本義）、呂祖謙（家塾讀詩記）之於詩，……亦莫不擇善而從，絕無門戶之見。」惜其語焉不詳，非但朱子對歐公詩本義的「擇善而從」的細節不得而知，就是連一個概略也未論及。於是我翻閱朱子語類，始知朱子詩集傳，全從歐公詩本義的至少有二十餘篇，又將詩集傳與詩本義對照着看，確實得到了朱傳之從歐義者數十篇，且於出車篇末的傳文中明白告訴讀者，他也直接採取了詩本義的文字說：「歐陽氏曰：『述其歸時，春日暄妍，草木榮茂，而禽鳥和鳴，於此之時，執訊獲醜而歸，豈不樂哉！』」

朱子語類卷八十解詩項下，載有關朱子論詩本義的共有三條，照錄於下：

(1)毛鄭所謂山東老學究，歐陽會文章，故詩意得之亦多。但是不合以今人文章如他底意思去看，故皆局促了詩意。古人文章有五七十里不回頭者，蘇黃門詩說疎放覺得好。（振）

(2)歐陽公有詩本義二十餘篇，煞說得有好處。有詩本末論，又有論云：「何者為詩之本？何者為詩之末？詩之本不可不理會，詩之末不理會得也無妨。」其論甚好。近世自集注文字出，此等文字都不見了，也害事。如呂伯恭讀詩記，人只是看這個。它上面有底便看，無底更不知看了。（僩）

(3)因言歐陽永叔本義，而曰：理義大本，復明於世，固自周、程。然先此諸儒亦多有助。舊來儒者，不越注疏而已。至永叔、原父、孫明復諸公，始自出議論，如李泰伯文字亦自好。此是運數將開，理義漸欲復明於世故也。蘇明允說歐陽之文處，形容得極好。近見其奏議文字，如回河等箚子，皆說得盡，誠如老蘇所言。便如詩本義中辨毛鄭處，文辭舒緩，而其說，直到底不可移易。(箚)

這裏，第一條，說歐陽不是老學究，會做文章，故「詩意得之亦多」，而他的毛病，是在把詩經當今人的文章般去看了。因此「局促了詩意」，尙有貶辭。二、三兩條，則全是褒語：第二條捧歐而貶呂，第三條說歐公對理義大本的復明於世，有先驅作用。並引老蘇之言讚美他，又自己對詩本義作總評說：「詩本義中辨毛鄭處，文辭舒緩，其說直到底不可移易。」我們並可從第二條中，知道當時歐公的詩本義就已不流行，難怪到明朝嘉靖年間，要連一代君臣上下，都不知歐公有詩本義這本著作了。

現在先把一一四篇詩本義內容的摘要和朱熹詩集傳作一對照的考察，便於觀覽，列表於下：

歐陽修一一四篇詩本義內容與朱熹詩集傳對照表

編號	篇名	詩本義	論毛鄭得失	朱傳的對照
1	關雎	關雎之作，本以雎鳩比后妃之德。淑女謂太姒，君子謂文王。言淑女以配君子，述文王太姒爲好匹，如雎鳩雄雌之和諧爾。關雎周衰之作。太史公曰：周道缺而關雎作，蓋思古以刺今之詩也。	既差其時世，於大義亦失之。毛鄭謂淑女非太姒，謂淑女者以三夫人九嬪御以下衆官人。太姒有不妬忌之行，而幽閨深宮之善女，皆得進御於文王。先儒辨雎鳩者，惟毛公得之，曰：鳥摯而有別，謂水上之鳥捕魚而食，鳥之猛摯者也。鄭氏轉釋摯爲至，謂雌雄情意至者，非也。〔附註〕鄭玄詩譜列關雎爲文王	朱子詩集傳採歐公以淑女爲太姒。惟時世仍主鄭譜之文王時，不採歐公周衰之說。雎鳩摯鳥，亦採鄭箋情意深至而不採歐公猛摯之說。

2	葛覃	詩人言后妃爲女時勤於女事。見葛引蔓于中谷，又仰見叢木之上，黃鳥之鳴，乃盛夏之時，葛將成就而可采，因時感事，樂女功之將作。	時詩。葛覃之首章。毛傳爲得，而鄭箋失之。葛以爲絺綌，安有取喻女之長大哉？黃鳥知時之鳥，詩人引之以志夏時葛欲成，女功之事將作，豈有喻女有才美之聲遠聞哉？如鄭之說，則與下章意不相屬，可謂衍說也。卒章毛鄭皆通，而鄭說爲長。 〔附註〕卒章毛傳：私服宜澣，公服宜否。鄭箋：我之衣服，今者，何所當見澣乎？何所當否乎？言常自潔清以事君子。	毛傳興也，朱傳改標爲賦。卒章「害澣害否」句依歐公意，採鄭釋而棄毛傳。
3	卷耳	卷耳易得，頃筐易盈，而不盈者，以其心之憂思在於求賢而不在於采卷耳。此荀卿子之說也。	毛鄭之說，文意乖離而不相屬，且首章方言后妃思欲君子求賢而置之列位，以其未能也，故憂思至深而忘其手	毛傳標興，朱傳改標賦，亦未採歷來求賢之說，僅言后妃以君子不在而思念之。

			有所采。二章三章乃言君能以罍觥酌罰使臣與之飲樂，則我傷痛矣。前後之意頓殊，如此，豈其本義哉？	
4	樛木	詩人以樛木下其枝使葛藟得托而並茂，如后妃不嫉妒，則妾無怨曠，衆妾愛樂其君子。	毛傳簡略，故未見其失。鄭箋所說，皆詩意本無。考於序文，亦不述，於說爲衍也。據序止言后妃能逮下而無嫉妬之心爾。鄭謂：常以善言逮下而安之；又云：衆妾上附事之而禮儀俱盛；又云：能以禮樂樂其君子使福祿所安。考詩及序皆無此意。故曰：衍說也。	朱傳用后妃逮下不嫉妬義而採鄭箋衍說。
5	螽斯	蟄螽多子之蟲也。大率蟲子皆多，詩人偶取其一以爲比爾。所比者，但取其多子似螽斯也。據序言，不妒忌則	序文顛倒，毛鄭遂謂螽斯有不妒忌之性者，失也。振振，群行貌；繩繩，齊一貌；蟄蟄，衆聚貌；皆謂子孫之	朱傳採歐公意定三章均爲比也。而未言螽斯有不妬忌之性，僅言其群處和集。蓋朱

6

兔罝

子孫衆多如螽斯也。

本義曰：捕兔之人，布其網罟於道路林木之下，肅肅然嚴整，使兔不能越逸，以興周南之君，列其武夫爲國守禦，赳赳然勇力，使姦民不得竊發爾。

多，而毛訓仁厚、戒愼、和集，皆非詩意。其大義則不遠。

〔附註〕原序爲：「螽斯，后妃子孫衆多也。言若螽斯不妒忌，則子孫衆多也。」歐公意應爲「言不妒忌，則若螽斯子孫衆多也。」

鄭箋所謂武夫者，論材較德，在周之盛，不過方叔、召虎、吉甫之徒三數人而已。今爲詩說者，泥於序文「莫不好德，賢人衆多」之語，因謂周南之人，擧國皆賢，無復君子小人之別，下至兔罝之人，皆負方叔、召虎、

子受歐公影響並棄毛傳之訓仁厚、戒愼，但毛傳之以和集訓蟄蟄，而朱傳仍改以訓詵詵。又，朱子詩序辨說亦謂「序者不達此詩之體，故遂以不妒忌者歸之螽斯，其亦誤矣。」

此詩毛傳非興詩，朱傳採歐公意定此詩三章均爲興。肅肅亦改訓爲整飭貌。

	7	8
	漢廣	汝墳
	當紂時淫風大行，男女相奔犯者多，而江漢之國，被文王之化，男女不相侵如詩所陳爾。	本義曰：周南大夫之妻，出見循汝水之墳以伐薪者爲勞
吉甫春秋賢大夫之材德，則又近誣矣。肅肅嚴整貌，而毛傳以爲敬，亦其失也。	據序但言無思犯禮者，而鄭箋謂犯禮而往正女將不至，則是女皆正潔，男獨犯禮之心焉。而行露序亦云彊暴之男不能侵陵正女，如此則文王之化獨能使婦人女子知禮義，而不能化男子也，此甚不然。考詩三章皆是男子見出游之女悅其美色而不可得爾，若鄭箋則不然，一篇之中，前後意殊。	鄭氏之說，伐薪非婦人之事，意謂此婦人不宜伐薪，而
	朱傳亦無男犯禮而往之意，僅言見江漢出游之女，端莊靜一，終不可求，則敬之深。	朱傳改爲婦人喜見其君子行役而歸，因記

役之事，念己君子以國事奔走於外者，其勤勞亦可知，思之欲見，如饑者之思食爾。

令伐薪，如君子之賢，不宜處勤勞，而今處勤勞，其意如此，乃是直謂周南大夫之妻自伐薪，其必不然，鄭說之失可知矣。

鄭氏又以王室如燬謂紂爲酷暴，君子避此勤勞之事，詩文本無此意，且君子所勤者，周南之事爾。

其未歸之時，思望如饑。

9 麟之趾

二南序多失，而麟趾騶虞，所失尤甚。疑此二篇之序，爲講師以己說汨之。據詩直以國君有公子如麟有趾爾，更無他義也。若序言關雎之應，乃是關雎化行，天下太平，有瑞麟出而爲應，怪誕不經。前儒乃爲曲說，太史編詩之時，借此麟趾之篇，

序之所述，乃非詩人作詩之本意，是太師編詩假設之義，毛鄭遂執序意以解詩，宜其失之遠也。

如毛言麟以足至者，鄭謂角端有肉，示有武而不用者，尤爲衍說。

朱傳謂序以爲關雎之應，得之。惟歐公之指毛鄭之爲衍說者，朱子亦不採也。

		列於最後，使若化成而宜有麟至爾。 〔附註〕以上(1)關雎至(9)麟趾，詩本義第一卷		
10	鵲巢	詩人取此拙鳥不能自營巢而有居鵲之成巢者以為興爾。故詩人本義直謂鵲有成巢，鳩來居爾，初無配義。詩人但取鵲之營巢用功多，以比周室積行累功以成王業；鳩居鵲之成巢，以比夫人起家求居已成之周室爾。蓋以興夫人來居其位，當思周室創業積累之艱難，宜輔佐君子共守而不失也。	序言德如鳲鳩，乃可以配。鄭氏因謂鳲鳩有均一之德。以今物理考之，失自序始，而鄭氏又增之爾。以今鳩考之，詩人不謬，但序與箋傳誤爾。	朱傳於歐公但採「鵲有成巢，鳩來居爾」之說。採序、箋意而謂南國諸侯被文王之化，女子亦被后妃之化，故嫁於諸侯，家人美之。
11	草蟲	草蟲阜螽異類而交合，詩人取以為戒。當紂之末世，淫風大行，強暴之男侵陵貞女	毛鄭以為同類相求，取以自比。而毛鄭以為在塗之女，其於大義既乖，是以終篇而	朱傳於毛鄭均不取，亦不採大夫妻以禮自防之說，但言南國被

12

行露

，淫泆之女犯禮求男。此大夫之妻能以禮義自防，不爲淫風所化，見彼草蟲喓喓然而鳴呼，阜螽趯趯然而從之，有如男女非其匹偶而相呼誘以淫奔者，故指以爲戒而守禮以自防閑，以待君子之歸，故未見君子時常憂不能自守，既見君子，然後心降也。

詩人本述紂世禮俗大壞，及文王之化既行，而淫風漸止，然強暴難化之男，猶思犯禮將加侵陵，而女守正不可犯，自訴其事而召伯又能聽決之爾。

失也。蓋以毛鄭不以序意求詩義既失其本，故枝辭衍說，文意散離，而與序意不合也。序意止言大夫妻能以禮自防爾，而毛鄭乃言在塗之女憂見其夫而不得禮，又憂被出而歸宗，皆詩文所無，非其本義。

毛氏謂不思物變而推其類，鄭氏謂物有似而非者，士師所當審，乃是召伯不能聽審爾。至其下章但云雖速我獄，室家不足，則了無聽訟之意，與序相違。且鄭又謂露濕道中，是二月嫁娶之時，且男女淫奔豈復更須仲春合

文王之化，諸侯大夫行役在外，其妻獨居，感時物之變，而思其君子如此。

朱傳改興爲賦，採歐公「女守正不可犯，自訴其事」之意，但不採「召伯能聽決」之意。

13	摽有梅	梅之盛時，其實落者少而在者七，已而落者多而在者三，已而遂盡落矣。詩人引此以興物之盛時不可久，以言召南之人，顧其男女方盛之年，懼其過時，而至衰落乃其求庶士以相婚姻也。所以然者，召南之俗被文王之化，變其先時先奔犯禮之淫俗，男女各得待其嫁娶之年而始求婚姻，故惜其盛年難久而懼過時也。	禮之月？又謂六禮之來强委之，且肆其强暴以侵陵，豈復猶備六禮，何其說之迂也。本謂男女及時之詩，今毛鄭以首章梅實七爲當盛不嫁，至於始衰以二章迨其今爲急辭，以卒章頃筐塈之爲時已晚，相奔而不禁，是終篇無一人得及時者，與詩人之意異矣。鄭氏又執仲春之月至夏爲過時，此又其迂滯者也。梅實有七至於落盡，不出一月之間，故前世學者多云詩人不以梅實記時早晚，獨鄭氏以爲過春及夏晚，皆非詩人本義也。	朱傳改興爲賦，改歐公「男女懼其過時」之意爲「女子懼其嫁不及時。」
14	野有死麕	紂時男女淫奔以成風俗，惟周人被文王之化者能知廉恥	詩序失於二南者多矣。孔子曰三分天下有其二以服事殷	朱傳採歐公意，謂南國被文王之化，女子

而惡其無禮，故見其男女之相誘而淫亂者惡之曰：彼野有死麕之肉，汝尚可以食之，故愛惜而包以白茅之潔，不使爲物所汙。奈何彼女懷春，吉士遂誘而汙以非禮。吉士猶然，强暴之男可知矣。其次言樸樕之木猶可用以爲薪，死鹿猶束以白茅而不汙，二物微賤者猶然，況有女而如玉乎？豈不可惜而以非禮汙之？其卒章遂道其淫奔之狀曰汝無疾走，無動我佩，無驚我狗吠，彼奔未必能動我佩，蓋惡而遠却之之辭。

，蓋言天下服周之盛德者過半爾，說者執文害意，遂云九州之內奄有六州，故毛鄭之說皆云文王自岐都豐建號稱王行化於六州之內，此皆欲尊文王而反累之爾。就如其說，則紂猶在上，文王之化止能自被其所治，然於芣苢，序則曰天下和平，婦人樂有子；……既曰如此矣，於行露序則反有强暴之男侵陵正女而爭訟，於桃夭、摽有梅序則又云婚姻男女得時又似不應有訟，據野有死麕序則又云天下大亂，强暴相陵遂成淫風。惟被文王化者，猶能惡其無禮也。其前後自相牴牾，無所適從。然而

有貞潔自守，不爲强暴所汚者，故詩人因所見以與其事而美之。

15

騶虞

召南風人美其國君有仁德不多殺以傷生，能以時田獵而虞官又能供職，故當彼葭草茁然而初生，國君順時畋于騶囿之中，蒐索害田之獸，其騶囿之虞官乃翼驅五田豕以待君之射，君有仁心惟一發矢而已，不盡殺也。故詩之首句言田獵之得時，次言君仁而不盡殺，卒歎虞人之

紂爲淫亂天下成風，文王所治不宜如此，於野有死麕之序僅可爲是，而毛鄭皆失其義。

詩三百篇大率作者之體不過三四爾……未有如毛鄭解野有死麕文意散離不相終始者。

……以時發矢射豝，下句直歎騶虞不食生物，若此乃是刺文王曾騶虞之不若也，故知毛鄭爲失。

〔附註〕前有缺文。

朱傳採歐公「風人美其國君有仁德，歎虞人之得禮」意，而加以「南國諸侯承文王之化，修身齊家以治其國」數語。

16

柏舟

得禮。詩人謂衞之仁人其心匪鑒，不能善惡皆納：善者納之，惡者不納。以其不能兼容，是以見嫉於在側之群小，而獨不遇也。

我心匪鑒，不可以茹，毛鄭皆以茹爲度，謂鑒之詧形不能度眞僞。我心匪鑒故能度知善惡。據下章云：「我心匪石，不可轉也。我心匪席，不可卷也。」毛鄭解云：「石雖堅尙可轉，席雖平尙可卷」者，其意謂石席可轉卷，我心匪石席，故不可轉卷也。然則鑒可以茹，我心匪鑒，故不可茹，文理易明。而毛鄭反其義以爲鑒不可茹而我心可茹者，其失在於以茹爲度也。憂心悄悄，慍于群小者，本謂仁人爲群小所怒，故常懼禍而憂心焉。如鄭氏云德備而不遇所以慍

朱傳詩旨不採毛鄭，亦不採歐公意，而曰「婦人不得於其夫，故以柏舟自比。」謂「群小」爲「衆妾」，以日月更迭而虧，比衆妾反勝正嫡。唯採毛鄭「茹」爲「度」意。

17

擊鼓

州吁以弑君之惡自立，內與工役，外與兵而伐鄭國。數月之間，兵出者再。國人不堪，所以怨刺。故於其詩載其士卒將行與其室家訣別語，以見其情云。我之是行未有歸期，亦未知於何所居處，於何所喪其馬，若求與我馬，當於林下求之。蓋爲必敗之計也。自念與子死生勤苦無所不同期偕老，而今闊別不能爲生。吁嗟！我心所苦如此可信而在上者不我信也。

者，則是仁人慍群小爾。以文理考之，當是群小慍仁人也。

擊鼓五章，自爰居而下三章，王肅以爲衞人從軍者與其室家訣別之辭。而毛氏無說，鄭氏以爲軍中士伍相約誓之言。今以義考之，當時（言按：當爲「以」字）王肅之說爲是。則鄭於此詩一篇之失太半矣。……其曰衆叛親離者，第言人心不附爾，而鄭氏執其文遂以爲伐鄭之兵軍士離散。案春秋左傳言伐鄭之師圍其東門五日而還，兵出既不久，又未嘗敗衂，不得有卒伍離散一事也。且衞人暫出從軍已有怨刺之

朱傳詩旨採歐公意，唯釋「爰」字謂「於是」與歐公之釋「於何」異。

18

匏有苦葉

本義曰：詩人以腰匏葉以涉濟者，不問水深淺，惟意所往，期於必濟。如宣公烝淫夷宣二姜，不問可否惟意所欲，期於必得，不懼滅亡之罪，如涉濟者不思及溺之禍也。濟盈不濡軌者，濟盈無不濡之理，而涉者貪於必進自謂不濡，又與宣公貪於淫欲，身蹈罪惡而不自知也。雉鳴求其牡者，又與夫人不顧禮義而從宣公如禽鳥之相求，惟知雌雄爲匹而無親疏父子之別。「雝雝鳴雁，旭日始旦，士如歸妻，迨冰未泮」言士之娶妻猶有禮別，

言，其卒伍豈宜相約偕老於軍中，此又非人情也。

詩刺衞宣公與夫人並爲淫亂，而鄭氏謂夫人者夷姜也。夷姜宣姜皆稱夫人，皆與宣公爲淫亂者。考詩之言，不可分別，不知鄭氏何從知爲獨刺夷姜也！……學者因附鄭說謂作詩時未爲伋娶，故當是刺夷姜。且詩作早晚不可知，今直以詩之編次偶在前爾。然則鄭說胡可爲據也？宣公烝父妾淫子婦，皆是鳥獸之行，悖人倫之理，詩人刺之宜爲甚惡之辭也。今鄭氏以匏葉苦濟水深爲八月納采問名之時，又以深厲淺揭喻男女才性賢不肖長幼宜

朱傳於毛鄭及歐公，均不採「宣公烝淫」事，而但言「此刺淫亂之詩。」並不從毛傳歐公以此爲興詩，而改標比也。唯於毛鄭採「飛曰雌雄，走曰牝牡」之訓。

		宣公曾庶士之不若也。「招招舟子，人涉卬否；人涉卬否，卬須我友」者，謂行路之人，衆皆涉矣，有招之而獨不涉者，以待同行不忘其友也，以刺夫人忘己所當從而隨人所誘，曾行路之人之不如也。凡涉水者，淺則徒行，深則舟渡，而腰匏以涉者水深而無舟，蓋急遽而蹈險者也。故詩人引以爲比。〔附註〕以上⑽鵲巢至⒅匏有苦葉，詩本義卷二。	相當，乃是刺婚姻不時男女不相當之詩爾。且烝父妾奪子婦，豈有婚姻之禮安問男女賢愚長幼相當與否？蓋毛鄭二家不得詩人之意，故其說失之迂遠也。毛鄭又謂飛曰雌雄，走曰牝牡，然周書曰牝雞無晨，豈爲走獸乎？古語通用無常也。	
19	北風	詩人刺衞君暴虐衞人逃散之事，述其百姓相招而去之辭曰：「北風其涼，雨雪其雱。惠而好我，攜手同行」者，民言雖風雪如此有與我相	鄭謂「北風其涼，雨雪其雱」，喻君政教暴酷者非也。「其虛其邪，既亟只且」鄭謂在位之人，故時威儀寬徐，今爲刻急之行者，亦非也	「風雪」「烏狐」之意，朱傳於毛鄭及歐公均不採。但言「以比國家危亂將至，而氣象愁慘。」於「其

惠好者當與相携手銜風雪而去爾。「其虛其邪，既亟只且」者，言無暇寬徐當急去也。「莫赤匪狐，莫黑匪烏」謂狐兎各有類也。言民各呼其同好以類相携而去也。故其下文云「惠而好我，携手同車」是也。

。詩人必不前後述衞君臣而中以民去之辭間之，若此豈成文理？「莫赤匪狐，莫黑匪烏」者，鄭謂喻君臣相承爲惡如一，且赤黑狐烏之自然非其惡也，豈以喻君臣之惡？皆非詩之本義也。

虛其邪，既亟只且」採歐公意。

20

靜女

此乃述衞風俗男女淫奔之詩。衞宣公既與二夫人烝淫爲鳥獸之行，衞俗化之禮義壞而淫風大行，男女務以色相誘悅，務誇自道而不知爲惡，雖幽靜難誘之女亦然。舉靜女猶如此則其他可知。其卒章曰「我自牧田而歸，取彼茅之秀者信美且異矣，然未足以比女之爲美，聊貽美

靜女之詩所以爲刺也，毛鄭之說皆以爲美，既非陳古以刺今，又非思得賢女以配君子，直言衞國有正靜之女，其德可以配人君。考序及詩皆無此義。然則既失其大旨，而一篇之內隨事爲說，訓解不通者，不足怪也。毛鄭謂正靜之女自防如城隅，則是合其一章但取城隅二字以

朱傳採歐公「刺淫奔」之意，然於卒章不採歐公意而改曰「靜女又贈我以荑，而其荑亦美且異，然非此荑之爲美，特以美人所贈，故其物亦美耳」。

人以爲報爾。」

自申其臆說爾。毛鄭謂彤管是女史所執以書后妃群妾功過之筆之赤管，何其迂也。「彤管有煒，說懌女美」，鄭既不能爲說，遂改爲說釋，以曲就己義。改經就注，先儒固已非之矣。荑茅之始生而秀者何？取其有始有終，毛義既失，鄭又附之，謂可以供祭祀。據詩但言其美爾，安有共祭祀之文？皆衍說也。

21

新臺

衞人惡宣公淫其子婦，乃臨河上築高臺而邀之以求燕婉之樂。國人過其下者，多仰面視之，不少不絕，言國人仰視者多也。此惡宣公淫不避人如鳥獸爾。據詩公在臺

鄭傳釋籧篨爲口柔，戚施爲面柔，然後一篇之義皆失。宣公乃是衞之暴君，似非柔者，不當但言其口柔面柔而已。鄭意自謂籧篨戚施本是病人以口面柔者似之，故取

朱傳訓詁採毛傳而棄歐公之解說。

上，其下之人甚衆，有仰而視者，有俯而不欲視者，然則不欲視者，惡之尤深。

以爲言爾。使宣公口面不柔邪，詩人刺其大惡，何故委曲取此小疾以斥之？使宣公性實柔邪，不當兼此二事。蓋口柔不能俯，則是仰矣，又安得戚施？面柔不能仰，則是俯矣，又安得籧篨哉？一人之身，不容兼此二事，此尤可笑者。鄭解鮮爲善，又改殄爲腆，以曲成己說，此尤不可取也。

22

二子乘舟

二子擧非合理，死不得其所，聖人之所不取，但國人憐而哀其不幸，故詩人述其事以譬夫乘舟者汎汎然無所維制至於覆溺，可哀而不足尚，亦猶語謂暴虎馮河，死而無悔也。詩人之意，如此而

二子乘舟，汎汎其景，毛謂國人傷二子涉危遂往，如乘舟而無所汎汎然迅疾而不礙也。據傳言壽伋相繼而往皆見殺，豈謂汎汎然不礙？引譬不類，非詩人之意也。

朱傳改比爲賦。仍採二子謂伋壽之說。

23	24
牆有茨	相鼠
已。詩人本意但惡公子頑當誅，懼有所傷而不得誅，如蒺藜當去，懼損牆而不得去爾。	相鼠之義不多，直刺衞之群臣無禮儀爾。詩之意言人不如鼠爾。詩言鼠有皮毛以成其體，而人反無威儀容止以自飭其身，曾鼠之不如也。人不如鼠，則何不死爾，此甚嫉之之辭也。
牆有茨由毛公一言之失，鄭氏從而附之，遂汩詩之本義。所謂毛公一言之失者，謂牆所以防非常，則雖有蒺藜生其上，何害其防非常也。若上有蒺藜，則人益不可履而踰，是於牆反有助爾，此豈詩人之本意哉？毛公言去之傷牆則近矣。	經義固常簡直明白，而毛鄭以鼠比人，此其失也。毛言居尊位爲闇昧之行，考序及詩皆無此義，而鄭氏又從而附之，謂偸食苟得，不知廉恥，皆詩所無。鼠穴處，詩人不以譬高位也。
朱傳採毛鄭意棄歐公說。	朱傳採歐公意棄毛鄭說。

25	考槃	「考槃在澗，碩人之寬，獨寐寤言，永矢弗諼。」謂碩人居於山澗之間不以爲狹而獨言自謂不忘此樂也。碩人之寬澗居雖狹，賢者以爲寬也。永矢弗過者，謂安然樂居澗中不復有他之也；永矢弗告者，自得其樂，不可妄以語人也。	鄭解永矢弗諼，以謂誓不忘君之惡；永矢弗過，謂誓不復入君之朝；永矢弗告，謂誓不告君以善道。如鄭之說，進則喜樂，退則怨懟，乃不知命之很人爾，安得爲賢者也？使詩人之意果如鄭說，孔子錄詩，必不取也。	朱傳採歐公意棄鄭說。
26	氓	據序是衞國淫奔之女色衰而爲其男子所棄困而自悔之辭也。今考其詩一篇始終皆是女責其男之語。凡言子言爾，皆女謂其男也。據詩所述，是女被棄逐怨悔而追序與男相得之初，殷勤之篤，而責其終始棄背之辭。推其文理，「爾卜爾筮」者，女爾其	鄭於爾卜爾筮，獨以謂告此婦人曰：「我卜汝宜爲室家。」且上下文初無男子之語，忽以此一句爲男告女，豈成文理？「桑之未落，其葉沃若。于嗟鳩兮，無食桑葚。于嗟女兮，無與士耽」鄭以爲國之賢者刺此婦人見誘，故于嗟而戒之。今據上文	朱傳詩旨採歐公意。而改歐公「桑之沃若喻男情意盛……至黃而隕喻男意衰落」之說爲女以桑之沃若比己之容色光麗，桑之黃隕比己之容色凋謝。但於「兄弟咥笑」仍採歐公意。

		男子也。「桑之未落，其葉沃若。于嗟鳩兮，無食桑葚！于嗟女兮，無與士耽」皆是女被棄逐困而自悔之辭。據序但言序其事以風，則是詩人序述女語爾。桑之沃若喻男情意盛時可愛，至黃而隕又喻男意易得衰落爾。蓋女謂我愛彼男子情意盛時與之耽樂而不思後患，譬如鳩愛葚而食之過則爲患也。詩述女言我爲男子誘而奔也，兄弟不知我今被其酷暴乃笑我爾。意謂使其知我今困於棄逐則當哀我也。其意如此而已。	「以我賄遷」，下文「桑之落矣」，皆是女之自語，豈於其間獨此數句爲國之賢者之言？不知鄭氏何從知爲賢者之辭？蓋臆說也。鄭以桑未落爲仲秋時，又謂鳩非時而食葚，且桑在春夏皆未落，豈獨仲秋？而仲秋安得有葚？此皆其失也。「兄弟不知，咥其笑矣」據文謂不知而笑，鄭箋云若其知之，則笑我，與詩意正相反也。	
27	竹竿	竹竿是衞女嫁於異國不見答而思歸之詩。其言多述衞國	竹竿之詩據文求義，終篇無比興之言，而毛鄭曲爲之說	朱傳採歐公意。並以全詩皆賦體而棄毛鄭

風俗所安之樂，以見己志思歸而不得爾。衛女之思歸者述其國俗之樂云：有籊籊然執竿以釣于淇者，我在家時常出而見之，今我豈不思復見之乎？而遠嫁異國不得歸爾。又言泉淇二水之間衛人之所常遊處也。今我嫁在異國與父母兄弟皆不得相近，況此二水乎？因又思衛女之在其國者，巧笑佩玉威儀閒暇，樂然於二水之上，念己有所不如也。又言淇水滺滺然有乘舟而遊者，亦可樂也。序言思而能以禮者，謂雖不見答而不敢道夫家之過惡，亦不敢有欲去之心，但陳衛國之樂，以見思歸之意爾，常以淇水爲比喻。詩曰「籊籊竹竿，以釣于淇」毛謂釣以得魚，如婦人待禮以成爲室家。取物比事既非倫類，又與下文不相屬，詩下文云「豈不爾思，遠莫致之」。且衛女嫁在夫家，但恩意不相厚爾，是所謂近而不相得也。而詩云「遠莫致之」，故知毛說難通也。鄭又以泉源小水當流入淇大水，今不入淇而相左右，喻女當歸夫家而不見答。如鄭此說是以泉源喻女而以淇水喻夫家也。若然，則小水自不流入淇，是衛女自不歸夫家爾，義豈得安？又其下章云「淇水滺滺，檜楫松舟」，謂舟之興體。

		。	楫相配得水而行，如男女相配得禮而備，則又以淇水喻禮也。不唯淇水喻禮義自不倫，且上章以淇水喻夫家，下章又以淇水喻禮，詩人不必二三其意雜亂以惑人也。	
28	揚之水	激揚之水其力弱，不能流移於束薪，猶東周政衰不能召發諸侯，獨使周人遠戍久而不得代爾。「彼其之子」周人謂他諸侯國人之當戍者也。「曷月還歸」者，久而不得代也。	據詩三章周人以出戍不得更代而怨思爾，其序言不撫其民者，謂勞民以遠戍也。鄭氏不原其意，遂以不流束薪爲恩澤不行于民，且激揚之水，本取其力弱不能流移束薪，與恩澤不行意不類。由鄭氏泥於不撫其民而不考詩之上下文義也。	朱傳於鄭箋及歐公意均不採。並謂「彼其之子」爲戍人指其室家而言。
29	兎爰	據序文及詩，本以桓王之時，周道衰微，諸侯背叛，君子惡居亂世，不樂其生之詩	鄭氏於詩，其失非一，或不取序文，致乖詩義；或遠棄詩義，專泥序文；或序與詩	朱傳採歐公意棄鄭說。

也。「有兎爰爰。雉離于羅」者，歎物有幸不幸也。謂兎則爰爰而自得，雉則陷身於羅網，兎則幸而雉不幸也。其曰「我生之初尚無爲」者，謂昔時周人尚幸世無事而閒緩如兎之爰爰也；「我生之後，逢此百罹」者；謂今時周人不幸遭此亂世如雉陷於網羅。蓋傷己適丁其時也。

皆所無者，時時自爲之說。兎爰之意，鄭氏泥於王師傷敗之言，遂以逢此百罹爲軍役之事。又以兎雉喻政有緩急，且詩言欲寐而不覺，其惡時甚矣，政有緩急未爲大害也，矧夫政體自當有緩有急，就令寬猛失中，詩人未至欲寐而不覺也。

30

采葛

詩人以采葛采蕭采艾者，皆積少以成多，如王聽讒說積微而成惑。夫讒者疏人之所親，疑人之所信，奪人之所愛，非一言可効，一日可爲，必須累積而後成，或漸入而日深，或多言之並進，故

詩人取物爲比，比所刺美之事爾。至於陳己事可以直述，不假曲取他物以爲辭。采葛、采蕭、采艾，皆非王臣之事，此小臣賤有司之所爲也。讒人者害賢材離間親信，乃大臣賢士之所懼，彼詩

朱傳改毛歐之比興爲賦。且棄毛鄭及歐之詩旨而改曰淫奔之詩。

31

曰浸潤之譖，又謂積毀銷骨也。是以詩人刺讒常以積少成多爲患。采葛之義，如是而已。

丘中有麻

莊王之時，賢人被放逐，退處於丘壑，國人思之，以爲麻麥之類生於丘中，以其有用，皆見收於人。惟彼賢如子嗟子國者，獨留於彼而不見錄，其來施施，難於自進也。將其東食思其來而錄之也。「貽我佩玖」謂其有美德也。子嗟子國，當時賢士之字，汎言之也。

〔附註〕以上⑲北風至㉛丘中有

人不當引小臣賤有司之事以自陳，此毛鄭未得於詩而強爲之說爾。故毛直以謂采葛者自懼讒，而鄭覺其非，因轉釋以爲喻臣以小事出使者。二家之說，自相違異，皆由失其本義也。

留爲姓氏，古固有之。然考詩人之意，所謂彼留子嗟者，非爲大夫之姓留者也。莊王事迹略見春秋，史記當時大夫留氏亦無所聞於人，其被放逐亦不見其事。既其事不顯著，則後世何從知之？詩人但以莊王不明，賢人多被放逐，所以刺爾，必不專主留氏一家。及其云子國，則毛公又以爲子嗟之父，前

朱傳於詩意皆棄毛鄭與歐公，而改曰婦人望其所與私者而不來，故疑丘中有麻之處復有與之私而留之者，今安得其施施然而來乎？子嗟、子國，爲二男子之字。

32

叔于田

麻，詩本義卷三。

詩人言大叔得衆，國人愛之以謂叔出于田則所居之巷若無人矣，非實無人，雖有而不如叔之美且仁也。其二章又言叔出則巷無可共飲酒之人矣，雖有而不如叔之美且

世諸儒皆無考據，不知毛公何從得之？若以子國爲父，則下章云彼留之子復是何人？父子皆賢而並被放逐，在理已無。若汎言留氏擧族皆賢而皆被棄，則愈不近人情矣。況如毛鄭之說留氏所以稱其賢者，能治麻麥種樹而已。夫周人衆矣，能此者豈一留氏乎也？況能之未足爲賢矣。此詩失自毛公，而鄭又從之。

毛鄭於飲酒服馬無所解說，而謂巷無居人者，國人注心於叔，似如無人處。不惟其說迂疎，且與下二章飲酒服馬文義不類，以此知非詩人本義也。

朱傳採歐公意棄毛鄭說。

		好也。其三章又言叔出則巷無能服馬之人矣，雖有而不如叔之美且武也。皆愛之之辭。		
33	羔裘	詩三章皆上兩言述羔裘之美，下兩言稱其人之善。其一章曰「羔裘如濡，洵直且侯」者，言此裘潤澤，信可以爲君朝服。其二章曰「羔裘豹飾，孔武有力」，言裘所以用豹爲飾者，以豹有武力之獸也。故其下言稱其人云「彼其之子，邦之司直」者，謂服以武力之獸爲飾，而彼剛彊正直之人稱其服爾。其三章曰「羔裘晏兮，三英粲兮」，亦當是述羔裘之美。	「羔裘晏兮，三英粲兮」，毛鄭皆以三英爲三德者，本無所據。蓋旁取書之三德曲爲附麗爾。	朱傳採歐公意。

篇號	篇名	本義	評論	朱傳
34	女曰鷄鳴	詩人刺時好色而不說德，乃陳古賢夫婦相警勵以勤生之語。謂婦勉其夫早起往取鳧雁以爲具飲酒，歸以相樂，御其琴瑟，樂而不淫以相期於偕老。其卒章又言知子之來相和好者，當有以贈報之以勉其夫不獨厚於室家，又當尊賢友善而因物以結之。此所謂說德而不好色，以刺時之不然也。	終篇皆是夫婦相語之事，而鄭氏於其卒章「知子之來之」以爲子者是異國之賓客。又言豫儲珩璜雜佩，又言雖無此物猶言之以致意，皆非詩文所有。委曲生意而失詩本義。且既解卒章以此，又因以「宜言飲酒，與子偕老」，亦爲賓客，斯又泥而不通者也。今徧考詩諸風，言偕老者，皆爲夫婦之言。且賓客一時相接，豈有偕老之理？是殊不近人情。以此求詩，何由得詩之義？	朱傳採歐公意。
35	有女同車	有女同車詩人極陳齊女之美，而鄭忽不知爲美，反娶於他國，是所美非美也。	有女同車序言刺忽不昏於齊，卒以無大國之助至於見逐。今考本篇了無此語，若於山有扶蘇義則有之。山有扶	朱傳二篇均謂淫詩而棄毛鄭與歐公意。
36	山有扶蘇	山有扶蘇詩人以草木依託山		

		隰，皆得茂盛榮華，以刺鄭忽不能依託大國以自安全，遂斥其君此狂狡之童爾。	蘇序言刺忽所美非美，考其本篇亦無其語。若於有女同車義則有之。毛鄭之說與予之本義，學者可以擇焉。	
37	褰裳	褰裳之詩鄭有忽突爭國之事，思大國來定其亂也。謂彼大國有惠然思念我鄭國之亂欲來爲我討正之者，非道遠而難至。「褰裳涉溱」言甚易而不來爾。「子不我思豈無他人」者，但言諸侯衆矣，子不我思則當有他國思我者爾。詩人假爲此言以述鄭怨諸侯不相救卹爾。	據詩但怨諸侯不來，而箋意謂鄭人不往，義正相反，此其失也。「褰裳涉溱」鄭謂有大國思我，則我揭衣渡水往告以難也。以難告人豈得其思而後往告？「子不我思，豈無他人」鄭謂先鄉齊晉宋衞後之荆楚者，穿鑿之衍說也。「豈無他士」鄭謂大國之卿當天子之上士者，亦拘儒之說也。	朱傳棄毛鄭與歐公意而謂此篇爲淫詩。
38	子衿	詩三章皆是學校廢而生徒分散朋友不復群居不相見而思之辭。	據序但刺鄭人學校不修。毛傳謂習詩樂一日不見如三月，禮樂不可一日而廢。苟如	朱傳棄毛鄭與歐公意而謂此篇爲淫奔之詩。

			其說則學校修而不廢，詩人復何所刺哉！	
39	東方之日	此述男女淫風但知稱其美色以相誇榮而不顧禮義，所謂不能以禮化也。	東方之日，毛鄭皆以喻君；東方之月，毛鄭皆以喻臣。以詩文考之，日月非喻君臣，毛鄭固皆失之。日出東方，鄭以爲不明者，蓋遷就己說爾。毛既謂日月在東方爲君臣盛明，則於詩序所謂君臣失道者義豈得通？此其又失也。	朱傳採歐公意亦謂女就男之詩。
40	南山	刺齊襄與魯文姜之事。「葛屨五兩，冠緌雙止」本義已失，故闕其未詳。	毛但云葛屨服之賤者，冠緌服之尊者，而不究其說。鄭謂葛屨五兩喻文姜與姪娣傅姆同處；冠緌喻襄公文姜與姪娣傅姆五人爲奇，襄公往從而雙之。詩人之意必不如此。	朱傳改毛鄭首二章之興爲比。三四章仍爲興。「葛屨五兩，冠緌雙止」不採毛鄭訓詁。

41	蟋蟀	詩但刺僖公不能以禮自娛。「蟋蟀在堂」者，著歲將晚而日月之速宜爲樂也。「職思其外」者，謂國君行樂有時使不廢其職事而更思其外爾，謂廣爲周慮也。	鄭氏以農功爲詩。考序及詩初不及農功也。鄭爲衍說爾。「職思其外」毛謂禮樂之外，鄭謂國外至四境。鄭又謂「職思其憂」爲鄰國侵伐之事，皆失之。	朱傳採歐公意，但不謂「國君行樂」之說。
42	揚之水	刺昭公微弱不能制沃，與王鄭二篇不流束薪義同。	毛鄭謂波流湍疾洗去垢濁，使白石鑿鑿然如桓叔除民所患，民得有禮義。遂如二家之說，則是桓叔善治其民，非其盛彊爲晉患也。據序所陳，非謂民知就禮義也。毛鄭之說亦通。	朱傳採歐公意，又改毛鄭之興爲比。
43	采苓	采苓者積少成多如讒言漸積以成惑。「人之爲言苟亦無信。舍旃舍旃，苟亦無然。人之爲言胡得焉」者，戒獻公聞人之言且勿聽信，置之	毛以采苓爲細事。鄭又轉釋細事以爲小行。首陽山名，人所共見而易知者，毛以爲幽僻，鄭以爲無徵，皆失矣。「人之爲言，苟亦無信。	朱傳採歐公之比體。於詩旨但採歐公「聽讒」之說而不謂係「戒獻公。」

		且勿以爲然。更考其言何所得謂徐詧其虛實也。	舍旃舍旃，苟亦無然」本爲一事而鄭分爲二，考詩之意不然也。	
44	蒹葭	秦襄公雖未能攻取周地，然已命爲諸侯，受顯服而不能以周禮變其夷狄之俗，故詩人刺之。蒹葭蒼蒼然茂盛，必待霜降以成其質然後堅實而可用；以比秦雖彊盛，必用周禮以變其夷狄之俗然後可列於諸侯。謂彼襄公如水旁之人，不知所適，以興襄公雖得進列諸侯而不知所爲。 〔附註〕以上㉜叔于田至㊹蒹葭，詩本義卷四。	鄭氏以爲秦處周之舊土，其人被周德敎日久，襄公新爲諸侯，未習周之禮法，故國人未服。然則當詩人作蒹葭之時，秦猶未得周之地，鄭氏大旨旣乖，其餘失詩本義，不論可知。	朱傳改興爲賦。於毛鄭及歐公意皆棄之不採。
45	東門之枌	陳俗男女喜淫風而詩人斥其尤者。子仲之子常婆娑於國	子仲之子，鄭謂之男子。穀且鄭謂朝日善明者，何其迂	朱傳採歐公意，但不曰「男女淫奔」而曰

		中樹下以相誘說，因道其相誘之語當以善且期於國南之原野。而其婦女亦不務績麻而婆娑於市中，又遂其相約以往而悅慕其容色贈物以爲好之意。蓋男女淫奔多在國之郊野也。	邪！南方之原毛以爲陳大夫原氏，而鄭因以此原氏國中之最上處而家有美女附其說。原氏陳之貴族宜在國中，而曰南方之原何哉？據詩人所陳，當在陳國之南方，而說者又以不績其麻而舞於市者遂爲原氏之女。皆詩無明文，以意增衍而惑學者，非一人之失也。	「男女聚會歌舞。」
46	衡門	詩人以陳僖公其性不放恣可以勉進於善，而惜其懦無自立之志，故作詩以誘進之。首章言小國皆可有爲。二三章言大國不可待而得，此所謂誘掖之也。	自泌之洋洋以下鄭解爲任用賢人則詩無明文，毛鄭之失在於穿鑿，皆此類也。鄭改樂爲療，謂飲水療饑，理豈然哉？	朱傳於毛鄭歐公意均棄而不取。但曰此隱居自樂而無求者之辭。
47	防有鵲巢	刺陳宣公好信讒言而國之君子皆憂懼及己。讒言漸積累	鄭以防之有鵲巢，邛之有旨苕，處勢自然，喻宣公信讒	朱傳於毛鄭歐公意均不採，但曰「此男女

		成如苕饒蔓引將及我也。中唐有甓亦以積累而成，旨鷊綬草雜衆色以成文，猶多言交織以成惑。	致此讒人其說汗漫不切於理。至於中唐有甓則無所解，蓋其理不通，不能為說也。	之有私而憂或間之之辭。」
48	匪風	詩人以檜國政亂，憂及禍難而思天子治其國政以安其人民。其言曰我顧瞻鄉周之道，欲往告以所憂而不得往者，非為風之飄發，非為車之偈偈而不安，我中心自有所傷怛而不寧也。卒章若言誰能治安我人民，必先平其國之亂政。故下文謂思周人來平其國亂也。	毛傳云非有道之風，非有道之車者，非也。毛鄭止解烹魚，至於漑之釜鬵則無所說，遂失詩人之意。	朱傳但謂「周室衰微，賢人憂歎而作此詩」於毛鄭歐公意均不採。
49	候人	曹共公遠賢而親不肖，詩人刺其斥遠君子至有為候人執戈祋以走道路者，而近彼小	維鵜不濡其翼，毛鄭各自為說，然皆不得詩之本義。毛鄭訓媾為厚，鄭又以遂為久	朱傳於詩旨採歐公意，但不採歐公「媾」為「婚媾」之訓詁，

		人寵以三命之芾於朝者三百人。因取水鳥以比小人。謂此鵜當居泥水中以自求魚而食，今乃邈然高處漁梁之上，竊人之魚以食而得不濡其翼咮，如彼小人竊祿於高位而不稱其服也。不遂其媾者，婚媾之義貴賤匹偶各以其類，彼在朝之小人不下從群小居卑賤而越在高位，處非其宜而失其類也。卒章言彼小人者佼好可愛，至使之任事則材力不彊敏，如小人弱女之饑乏者。言其但以便辟柔佞媚悅人而不勝任用也。	，訓釋既乖，則失之遠矣。鄭又謂天無大雨，歲不熟則幼弱者饑，此尤迂闊之甚也。	及「季女斯饑」之解釋。
50	鳲鳩	鳲鳩之鳥所生七子，皆有愛之之意。故其哺子朝從上而	毛鄭以鳲鳩有均一之德，與序之義特相反也。其既以鳲	朱傳棄歐公而採毛鄭意。

		下，暮則從下而上，所謂用心不一也。及其子長而飛去他木，則其心又隨之。故其身在桑，而其心念其子則在梅在棘在榛，此亦用心之不一也。詩人以此刺曹臣之在位者，因思古淑人君子其心一者，其衣服儼然可以外正四國內正國人，歎其何不長壽萬年而在位，以刺今在位之不然也。	鳲有均一之德，至於其子在梅在棘在榛，則皆無所說者，由理既不通故不能爲說也。又其三章皆美淑人君子，獨於中間一章刺其不稱其服，詩人之意豈若是乎？	
51	鴟鴞	周公既誅管蔡，懼成王疑己戮其兄弟，乃作詩以曉諭成王，云有鳥之愛其巢者，呼彼鴟鴞而告之曰：鴟鴞鴟鴞！寧取我子，無毀我室。我之生育是子，非無仁恩，非不勤勞，然未若我作巢之難	毛鄭於鴟鴞失其大義者二，由是一篇之旨皆失。鴟鴞一篇見於書之金縢，而康成之箋與金縢之書特異，此失其大義一也。據詩義，鳥之愛其巢者呼鴟鴞而告之，毛鄭反謂鴟鴞自呼其名，此失其	朱傳採歐公意而棄毛鄭之失。

至於口手羽尾皆病弊，積日累功乃得成此室，以譬寧誅管蔡無使亂我周室者，我祖宗積德累仁造此周室以成王業甚艱難。其再言鴟鴞者，丁寧而告之也。又云予室翹翹，懼爲風雨所漂搖故予維音嘵嘵者，喻王室不安懼有動搖傾覆使我憂懼爾。

大義者二也。金縢言周公先攝政，中誅管蔡，後爲詩以貽王。毛鄭謂先爲冢宰，中避而出作詩貽王，已作詩後乃攝政而誅管蔡。金縢爲是，毛鄭爲非，毛鄭謂武王崩，成王即位居喪不言，周公以冢宰聽政，而二叔流言。冢宰聽政乃是常禮，二叔何疑而流言？此其不通者一也。周公本以成王幼未能行事遂攝政，若避而居東，則周之國政成王當自行之，若已能臨政二年，何又待周公歸攝乎？此其不通者二。刑賞國之大事，周公國之尊親大臣，使周公有間隙而出避，成王能以周法刑其尊親大臣

			之屬，周公復歸，其勢必不得攝，若成王已能臨政二年，有能刑其尊親大臣，則周公將以何辭奪其政而攝乎？此其不通者三也。成王誅周公官屬，六經諸史皆無之，可知其臆說也。鄭謂子者周公官屬，室者官屬之世家，毛又謂子爲成王，此又其失也。其他訓詁則如毛鄭。	
52	破斧	斧斨刑戮征伐之用，四國爲亂，周公征討，凡三年至於斧斨缺然後克之，其難如此。然周公必往征之者，以哀此四國之人陷於逆亂爾。斨刀可缺，斧無破理，蓋詩人欲甚其事者，其言多過。	箋傳意同而說異，然皆失詩人本意。毛謂斧斨民之用，禮義國家之用。考詩序並無禮義之說。以斧斨比禮義，其事不類。至康成又以斧斨刑傷成王，則都無義類矣。	朱傳採歐公意。
53	伐柯	詩人刺成王君臣譬彼伐柯者	毛傳謂禮義治國之柄，又云	朱傳於詩意棄毛鄭及

		，不知以何物伐之。以斧伐柯易知之事，而猶發問，是謂不知也。取妻必以媒，其義亦然。卒章謂所伐之柯卽手執之柯是也。亦謂其易知而不知，以譬周公近親而有聖德，成王君臣皆不能知也。	治國不以禮則不安。至於所願上下等語，不惟簡略汗漫而已。考之詩序，都無此意。詩序謂伐柯刺朝廷不知周公之忠。康成反謂成王既遭雷風之變，已啓金縢之後，群臣猶不知周公，則與詩書之說異矣。成王已得金縢之書，君臣悔過，出郊謝天迎公以歸，是已知周公。群臣復何所惑而疑於王迎之禮哉？康成區區止說王迎之事，由是失詩之大旨也。	歐公之說，而於首章曰東人言此以比平日欲見周公之難，次章曰以比今日得見周公之易。
54	九罭	周大夫以周公出居東都，成王君臣不知其心而不召使久處於外，譬猶鱒魴大魚反在九罭小罟。詩人述東都之人猶能愛公，所以深刺朝廷之	毛鄭自相違戾，以毛說爲是。鴻飛遵渚遵陸，毛於理近是而略不盡。蓋鴻雁喜高飛，今不得翔於雲際，而飛不越水渚，又下飛田陸之間，	朱傳於詩旨不採歐公及毛鄭意，而謂此係周公居東之時，東人喜得見之，成王將迎周公，不復東來，東

不知也。

55

狼跋

周公攝政之初，四國流言於外，成王見疑於內，公於此時進退之難，譬彼狼者，而狼不失其猛，公亦不失其正，以見周公遭讒疑之際而無惶懼之色，故能履危守正而不失爾。

〔附註〕以上(45)東門之枌至(55)狼跋，詩本義卷五。

由周公不得在朝廷而留於東都也。此是詩人之意。至於袞衣，毛鄭又爲二說。毛云所以見周公，意謂斥成王當被袞衣以見周公，鄭謂成王當遣人持上公袞衣以賜周公而迎之，其說皆疎且迂矣。康成言致太平復成王之位，又爲之大師終始無愆，皆是已迎公歸後事，與序所言乖矣。至於公孫碩膚，又以孫爲遁，謂周公攝政七年之後遁避成功之大美而復成王之位，因以遂其繆說，可謂惑矣。毛傳謂公孫爲成王，是豳公之孫，亦已疎矣。詩本美周公，而毛謂成王有大美，又不解赤舄之義，固知其

人心悲有惜別之意。

朱傳採歐公意。

56	57
鹿鳴	皇皇者華
文王有酒食能與群臣共其燕樂，三章之義皆然。其首章言我有賢臣與其同樂，既飲食之，又奏以笙簧，將以幣帛，凡人之欲與我相好者，示我於周行之臣恩意如此爾。二章又言我此嘉賓皆有令德之音遠聞，我待之厚禮，所以示民遇此嘉賓不薄之意，使凡爲君子者當則傚我所爲，常厚禮有德者。故下文又謂君子當傚我厚嘉賓也。	周之國君遣其臣出使。首章稱美其賢材能將君命爲國光華于外爾。既又勉其於事每思惟恐不及也。其二章以下
疎繆矣。然鄭皆釋碩膚爲美，此其所以失也。考詩意文王有酒食以與群臣燕飲，如鹿得美草相呼而食。而傳云懇誠發于中者，衍說也。古字多通用，示視義同，而鄭改示爲寘，遂失詩義。「德音孔昭」鄭引飲酒之禮於旅也語，謂此嘉賓語國君以先王德教，國君以賓語示天下之民使其化之，皆不偷於禮義者非也。此曲說也。毛傳「德音孔昭」既簡略，未知其得失。	序及傳箋皆失之。毛鄭之失在乎皆用魯穆叔之說，故其穿鑿泥滯於義不通也。凡詩五章悉用此解，則一篇之義
朱傳不採歐公「文王宴群臣」意而但言「此宴饗賓客之詩」。「視」字採鄭之訓詁。	本篇詩旨朱傳採歐公意。

58

常棣

則戒其調御車馬雖有馳驅之勞，不忘國事，周詳訪問因以博采廣聞，不徒將一事而出也。詩人述此見周之興國之初，其君臣勤勞於事如此爾。

作詩者見時兄弟失道乃取常棣之木花萼相承韡韡然可愛者，以比兄弟之相親宜如此。因又極陳人情以謂人之親莫如兄弟，凡人有死喪可畏

皆失。毛以懷為和，初無義理。鄭改為私，用穆叔之說爾。其忠信為周，訪問為咨，止一周字，豈成文理？又曰訪問為咨，則所問何者非事而獨以咨諏為咨事？其下咨謀咨度咨詢非事而何？又以親戚之謀為詢，書曰「詢于衆」，豈皆親戚乎？若此之類甚多。故可知其穿鑿泥滯，於義不通，而六德之說可廢也。詩首章毛鄭謂遠近高下不易其色，亦衍說也。毛傳鄂不韡韡但云鄂鄂然光明。而鄭改不為柎，先儒固已言其非矣。詩止言兄弟求矣，而鄭謂能立榮顯之名。既於詩無文，箋何從而得此

詩旨朱傳採序意。「雖有兄弟，不如友生」朱傳採歐公之訓釋。

59

伐木

之事，惟兄弟是念，雖在原隰廣野衆聚之中，必求其兄弟，如脊令飛鳴而求其類。兄弟雖有內鬩者，至逢外侮猶共禦之。當急難時雖有朋友，但能長歎而無相助者，唯兄弟自相求。及喪亂平而安寧，則反視兄弟不如友生，此乃責之之辭。盛陳籩豆飲酒之樂，以謂兄弟宜以此相樂則妻子室家皆和樂矣。詩意爲鳥在木上聞伐木之聲則驚鳴而飛遷于他木，方其驚飛倉卒之際，猶不忘其類相呼而去。其在人也可不求其友乎？果如此義，則是此詩主以鳥鳴求友爲喻爾。至其下章則了不及鳥鳴之意，

義？又云原隰以相與聚居之故，故能定高下之名者，亦非也。「飲酒之飫」鄭云圖非常大疑之事，非詩人本意哉！「不如友生」之說，毛鄭意同而皆失。如毛鄭之說，則是作詩者敎人急難時親兄弟，安平時不如友生矣。

伐木毛謂文王之詩，伐木庶人之賤事，不宜爲文王之詩。詩以伐木爲言，是以庶人賤事爲主，豈得爲文王之詩？鄭氏云昔日未居位在農時與友生爲伐木勤苦之事者，亦非也。文王未居位未嘗在

朱傳不採毛鄭意但謂「此燕朋友故舊之樂歌。」

60

天保

與首章意殊不類，蓋失其本義矣，故闕其所未詳。

天之安定我君甚堅固，既稟以信厚之德，則何福不可除之！既曰何福不除，又曰俾爾戩穀，又曰無所不宜而受天百祿，又曰降爾遐福，其所以殷勤重複如此而猶曰維日不足也。其下章則又欲其國家興盛如山阜岡陵之高大，如川流之寖長而又增之。既則又言非惟天之福我君如此，至於四時豐潔酒食祀其先君而神亦詒之多福，使民及群黎百姓皆及之。前既欲其興盛，則又欲其永久，故

農，古者四民異業，諸侯、卿、大夫、士未居位時皆不爲農，亦不必自伐木，以此知鄭說爲繆也。

天保六章其義易明。然毛鄭不無小失。鄭以「俾爾多益，以莫不興」爲每物益多及草木暢茂，禽獸碩大。「川之方至」爲萬物增多，皆詩文無之，則爲衍說。毛以公爲事，鄭謂先公，是矣。若鄭謂群臣舉事得宜而受福祿，亦詩文無之。

朱傳詩旨採歐公意，「公」字從鄭之訓詁。

61	出車	多引常久不虧壞之物以爲況。大抵此詩六章文意重複，以見愛其上深至如此爾。西伯命南仲爲將往伐玁狁，其成功而還也詩人歌其事以爲勞還卒之詩。其首章言南仲爲將，始駕戎車出至于郊，則稱天子之命使我來將此衆，遂戒其僕夫以趨王事之急難。二章陳其車旟以謂軍容之盛。然我心則憂王事，我僕則亦勞瘁矣。三章遂城朔方而除玁狁。其四章五章則言其凱還之樂，敍其將士室家相見歡欣之語。卒章則述其歸時春日暄妍草木榮茂，而禽鳥和鳴，於此之時，執訊獲醜而歸，豈不樂哉！	毛鄭謂出車于牧以就馬，車遠就馬于牧，此豈近人情哉？又言先出車於野，然後召將卒，亦於理豈然？其以草蟲比南仲，阜螽比近西戎諸侯，由是四章五章之義皆失，一篇之義不失者幾何？	朱傳採歐公意，並於末章特標出歐陽氏曰：「述其歸時，春日暄妍，草木榮茂，而禽鳥和鳴，於此之時，執訊獲醜而歸，豈不樂哉！」亦採鄭氏意曰：「此詩亦伐西戎。獨言平玁狁者，玁狁大，故以爲始，以爲終。」

62	湛露	由我南仲之功赫赫然顯大，而玁狁之患，自此遂平也。天子燕諸侯，所以申燕私之恩盡慇懃之意，以見天子恩禮諸侯之厚，此詩人所以爲美也。天之潤物，其類非一，獨以露爲言者，露以夜降，因其夜飲，故取以爲比。云湛湛之露潤霑於物，非至曙則不乾；厭厭之飲恩被於諸侯，非至醉則不止。其言在彼豐草杞棘者，以露之被草木如王恩被諸侯爾。又云令德令儀者，言此與燕之臣皆有令德令儀爾。桐、椅，木之美者，其實離離然，亦喻諸侯在燕有威儀爾。	箋以二章爲燕同姓，三章燕庶姓，卒章爲燕二王，詩既無文，皆爲衍說。鄭又以露之在物使柯葉低垂，喻諸侯有似醉之貌。何其臆說也。詩初無柯葉低垂之文，鄭何從而得此義？「在宗載考」毛傳是矣。	朱傳詩意採歐公說。

63	鴻雁	厲王之時，萬民離散不安其居，而宣王之興遣其臣四出于野勞來還定安集之，至于矜寡使皆得其所。其所遣使臣奔走于外，如鴻雁之飛，其羽聲肅然而勞其體也。其二章言使臣暫止爲民營築居室，如鴻雁集于澤爾。卒章云哀鳴嗸嗸，以比使者自訴云：「哲人知我者謂我以君命安集流民而不憚劬勞爾；愚人謂我好興役動衆爲驕奢也。」	以文義考之，當是以鴻雁比之子，而康成謂鴻雁知辟陰就陽，喻民知就有道之子，自是侯伯卿士之述職者，上下文不相須，豈成文理？鄭於三章所解皆然，則一篇之義皆失也	歐公謂鴻雁哀鳴比使者自訴，而朱傳謂流民以鴻雁哀鳴自比，並不主宣王時詩。
64	沔水	宣王中興於厲王之後，諸侯未洽王之恩德，故詩人規戒宣王以恩德親諸侯，言王當容納諸侯，如海納衆水。諸侯或來或不來，宣王宜常以	序言規宣王，箋傳乃是刺諸侯驕恣不朝及妄相侵伐等事，了不及宣王，蓋未得詩人之本義爾。	朱傳謂此憂亂之詩，全不採歐公或傳箋意。

恩德懷來之，則皆親附，諸侯有能循法度者，無使讒人害之。

65	黃鳥	序言刺宣王而不言所刺之事。宣王承厲王之亂，內修政事外攘夷狄，征伐所向有功，故能恢復境土，安集人民。內用賢臣外撫諸侯，其功德之大，蓋中興之盛王。然黃鳥所謂刺者，雖聖人不能無過也。黃鳥所刺是一邦之事，非舉天下皆然。 〔附註〕以上(56)鹿鳴至(65)黃鳥，詩本義卷六。	毛鄭以爲室家相去之詩，近是。其曰宣王之末天下室家離散者，則非也。	朱傳不採歐公及毛鄭意，並謂「未見其爲宣王之世。」
66	斯干	宣王既成宮寢，詩人作爲考室之辭。首章詩人以成室不遷壞如山澗，而人居此室常安榮而壽考如松竹之在山澗	毛於斯干訓詁而已，然與他詩多不同。鄭箋不詳詩之首卒，隨文爲解，至有一章之內每句別爲一說，是以文意	朱傳改比興爲賦。但採歐公考室之辭，不言宣王成室。唯曰「此築室既成，而燕飲

頌禱之。二章謂宣王與宗族兄弟相親好無疑間以共承祖先之世不隕墜，得保有此宮寢以與族親居處笑語於其中也。三章乃言工人施功力以成此室，以蔽風雨而去鳥鼠，然由君子增大而新之也。四章言宮寢之制度嚴正而美，宜君子升而居之。五章言其庭平直，其楹植立，晝夜寬明，宜君子居而安也。六章已下盛陳占夢生子之事，生男爲王，女則宜家，亦禱頌之詞也。

散離前後錯亂而失詩之旨歸。又復差其章句，如鄭說則一章都無考室之義。鄭謂「似續妣祖」是成廟，不知何以知之？又謂如跂斯翼一章爲成廟，下一章又復言寢，都無倫次，此所謂文意散離前後錯亂者也。鄭謂躋爲祭祀，謬也。自下莞上簟而下四章，毛鄭訓釋皆是，然不言其旨歸則何關考室之義？鄭又改猶爲瘉，改芋爲幠，改字先儒已知其非矣。鄭謂如鳥斯革云夏暑希革張其翼者，迂之甚也。毛鄭不得詩之本義者，由不以詩爲考室之辭也。詩本無廟事，鄭云宮廟，亦衍說也。

以落之，因歌其事。」

67

無羊

宣王既修厲王之廢，百職皆舉，而牧人所掌牛羊蕃息，詩人因美其事呼牧人而告之曰：牛羊其數若此之多也。謂牛羊在野，牧人有餘力於薪蒸，而牛羊以時合其牝牡者，見人畜各遂其樂也。魚生子多，故夢魚者占爲豐年。歲無水旱則野草茂而畜牧肥，此牧人之樂也。

毛訓秩秩爲有常，鄭於他詩別訓爲清。以斯干義考之，有常近是。毛訓猶爲道，鄭於他詩皆訓爲圖、謀，圖謀近是。毛訓芋爲大，是也。毛鄭於他詩皆訓棘爲急，而毛於此詩爲稜廉，意頗近。鄭訓爲戟，迂矣。

毛不解以雌以雄，使學者何所從？鄭以爾爲斥宣王，又謂「衆維魚矣，實維豐年」爲人衆相與捕魚，是歲熟庶人相供養之祥。「室家溱溱」爲人之子孫衆多。既不關考牧事，因謂占夢之官獻夢於王，皆失之矣。鄭亦何從而知此爾宣王而彼爾牧人邪？「以雌以雄」鄭謂牧人搏

朱傳採歐公意曰「言牧事有成，而牛羊衆多也。」但不採歐公言宣王之時。

			禽獸，迂矣。詩何有捕魚之文及人之子孫衆多，皆不關牧事。詩人本爲考牧，不應汎言獻夢，而爲鄭學者遂附益之以爲庶人無故不殺雞豚，惟捕魚以爲養，此爲繆說可知。	
68	節南山	大師尹氏爲下民所瞻而爲治不平，致王政亂民被其害。卒章曰有家父者常有誦言以究王之失，庶幾王心化善而能畜萬邦也。	毛鄭於此詩大義得之，而不免小失。鄭注以「憯莫懲」爲一句，「嗟」字獨爲一句，於義豈安？毛訓弔爲至，鄭轉解至爲善，皆失之。「不自爲政」鄭意不惟怪妄且詩意本無。鄭注分「駕彼四牡，四牡項領」一章爲兩義，不得詩人本意。	朱傳採歐公意。
69	正月	詩上七章皆述王信訛言亂政，至八章始言滅周主於褒姒	毛鄭之說繁衍迂濶，文義散斷，前後錯雜。如解「瞻烏	朱傳詩旨採歐公意，惟不曰刺幽王詩。內

70 十月

71 雨無正

72 小旻

73 小宛

。九、十章喻王將傾覆其國而不知戒愼。十一、十二章大夫既憂國之將亡又自傷將及於禍，而又哀彼衆人不知憂而我獨憂，十三章言彼貧陋者初猶有屋穀以生，而今民無祿食，天又大害之。國君既不能卹，彼富人尙可哀而卹之也。知其無可奈何反告富人以哀惸獨，此窘窮苟且之急辭也。

大夫刺幽王敗政，不能繼先王之業。「宛彼鳴鳩，翰飛戾天」。謂王不自勉彊奮起，曾飛鳩之不如，以墜其先王之業，「念其先人」謂思宣王，「有懷二人」所陳二人，一人飲酒齋肅通明，雖

」「不自我先，不自我後」及「車載二章」爲其大害者。如毛鄭解瞻烏之意，則正月乃大夫敎其民叛上之詩，異乎孔子錄詩之意矣。正政古用字多通，而毛訓爲長，非也。作詩時周實未滅而云滅之者，鄭箋是矣。

此四詩，鄭氏皆以爲刺厲王，毛以四詩爲刺幽王，豔妻爲褒姒，鄭稱妻是厲王之后。鄭氏以皇父卿士七子者是后之親黨，皆臆說之繆妄者。考雨無正詩七章都無序義。毛鄭解小宛「鳴鳩戾天」

容訓釋多不採歐公意。

朱傳以豔妻爲褒姒。歐公指鄭箋臆說之繆妄者，朱傳亦皆不取。歐公以鄭解桑扈之交交爲飛往來貌爲是。朱傳採歐公意解交交爲飛往來貌，而不

飮而溫克，一人則昏然無知，但以沉醉苟一日之樂，謂王也。因戒之使無耽此樂，宜敬天命之無常。又勸勉之云世有善道，凡人皆可爲，爲則得之，王何獨不爲也？又言人性雖惡可變而爲善，今日月之行甚速，不可失時，王亦宜夙夜汲汲勉勵，庶無忝辱於先王。其下二章則言小人君子所苦以見擧國之人今皆失所，國人失其常業而至相爲爭訟而入於岸獄。王又愚昧不曉民事，不知稼穡之艱難。王旣驕昏如此，則其君子立於朝者危懼而不安，常憂殞陷。

〔附註〕以上(60)斯干至(73)小宛，

謂行小人之道，不可責高明之功，正與詩人之意相反。又謂先人爲文武，亦疎。鄭以螟蛉之子比萬民，亦疎。至以日邁月征爲視朝視朔及謂岸獄中人，持粟出卜，皆繆論也，毛以交交爲小貌，亦無義理。鄭於甫田之什桑扈詩以交交爲飛往來貌，是也。

取毛傳之小貌。其他凡歐公指斥四詩毛鄭之失者，朱傳皆避之。

編號	篇名	詩本義卷七。	評論	朱傳
74	巧言	幽王信讒以敗政，大夫傷己遭此亂世而被讒毀乃呼天而訴。	巧言序是大夫刺幽王信讒之詩，而鄭解首章爲刺王傲慢無法度。二章以下，所斥君子爲在位之臣，與序文異矣。毛訓幠爲大，可通。鄭訓傲，豈成文理？且且，鄭音苟且之且，曰父母且，亦豈成文理？鄭又以田犬之能擬聖人之能，殊無旨歸。蓋由誤分章句，失詩本義，故其說不通也。毛訓委委蛇蛇爲淺意，不知何據？二三章及卒章，箋傳粗得其義，惟君子當爲斥幽王爾。	朱傳詩旨採歐公義，唯不曰幽王。
75	何人斯	此朋友乖離之詩。蘇公斥暴公其心傾險而不平易，聽譖者惟暴公之言是從。二章謂	鄭於何人斯謂不欲直刺之，但迂回以刺其同侶而又不斥其姓名故曰何人斯。然首章	朱傳採歐公意。

		今知爾爲譖我者，三章言其又進而陰窺其家私，而蘇公自省無愧，不懼其來。四章歎己適遭之。下章則述與暴公俱仕王朝，相從出入；我待爾勤惟恐相失也。其下章又言我與爾相親愛相應和如兄弟之吹壎篪，相聯比如貫索而爾不我知。卒章則極道其事云汝乃人，不可隱藏，我安得不知汝之譖我乎？故我作此歌以究爾反側之心。	直斥暴公指名而刺之。五六章義尤重複，鄭說不得其義，誠爲難見也。鄭以何人爲同侶，則終篇之語無及暴公者，此所以不通也。	
76	蓼莪	周人苦於勞役，不得養其父母者見彼莪蒿其茂盛如此者，由天地生育之功也。父母養育我亦劬勞矣，而我不得終養以報也。缾罍物之同類，此述勞苦之民自相哀之辭	鄭氏之失惟以視莪爲蒿，以文害辭，此孟子之所患也。又以缾罍比貧富之民，非詩人之本意。飄風非取其寒，亦非詩意。以終養爲病亡之時，滯泥甚矣。	朱傳詩旨採歐公意，詩文訓釋於毛鄭及歐公意多不採。

77

大東

也。鮮民之生者言不遂其生不如死也。南山烈烈望之可畏，飄風發發暴急而中人，言王威虐可畏，而暴政害人，我獨罹之也。

據序本爲譚人遭幽王之時困於役重而財竭，大夫作詩以告病爾。首章「有饛簋飧，有捄棘匕」者，足於豐饒之辭也。譚人得以自足者由周道平直而賦役均也。周之君子履行此道使下民視而有所賴也。大夫反顧昔時譚人蓋嘗如此，所以潸然出涕者，傷今不然也。二章遂言今則王政偏而賦役重，無小大皆取於東，使譚人窮乏以葛屨履霜，公子佻佻然奔走於周

鄭氏以有饛簋飧爲客始至主人所致之禮，又以公子發幣於周之列位而責周人無反幣。自天漢有光以下至卒章喻王置官司而無督察之實，皆非詩人之本義。其爲說汗漫而無指歸。毛鄭所分章次，當離者合，當合者離，使章句錯亂矣。其餘訓解，則毛鄭多得。

朱傳詩旨採歐公意，詩文訓釋則於毛鄭及歐公意多不採。

		行，其祇役往來頻數，使其力疲而心病也。三章告病之辭。四章則言東人困苦如此，王官無以其職來撫勞之。五章則刺王多取於下而濫用。六章以下皆述譚人仰訴於天。是皆怨訴之辭。		
78	四月	周大夫刺幽王之臣在位者貪殘刻剝於其下，使民物耗竭如草木彫盡於秋冬。乃於首章先見其事。自四月至六月，暑氣盛極當退，萬物將衰而人未見，如彼世祿在位之臣自其先祖以來，所任已非其人，何忍予之祿位者，蓋未見其害。二章遂言貪殘之政使民物傷耗如秋日之淒然使百草俱病。三章則極言民	毛鄭小小得失不足論，惟以「先祖匪人」爲作詩之大夫斥其先祖，此失之大者。鄭氏以「滔滔江漢，南國之紀」爲比吳楚之君。詩人本患下國之構禍，豈可反稱美僭叛之君？此亦其失之大者。鄭以予爲我，莫通。鄭氏謂非人者，身非是人，是人則當知患難。昔之通儒執文害義，蓋有如此！	朱傳於詩旨及訓釋多不採歐公意。

79	小明	物窮竭如冬日寒風凜冽暴急而萬物彫盡。其下二章則哀其人民之辭。序云大夫悔仕於亂世，述征行勞苦，畏於得罪不敢懷歸之事。序說是也。「嗟爾君子，無恆安處」是大夫自相勞苦之辭。云無苟偷安但靖共爾位之職，惟正直是與則神將祐爾以福也。	鄭謂名篇曰小明者，言幽王日小其明，損其政事。終篇了無幽王日小其明之意。苟如鄭說，則小旻小宛之類有何義乎？鄭以「嗟爾君子，無恆安處」爲其友之未仕者。蓋鄭謂大夫勉未仕之友去之他國，無安處於周邦。如鄭之說，則周之大夫皆懷貳心教其友以叛周而去，此豈足以垂訓也？	朱傳採歐公意。
80	鼓鐘	序但言刺幽王而不知實刺何事。據詩文則作樂於淮上，然幽王無遠至淮上作樂之事，不知此詩安得爲刺幽王也	毛謂南爲南夷之樂者，非也。	朱傳於毛歐意均不採。

		？詩曰「鼓鐘將將，淮水湯湯，憂心且傷，淑人君子，懷允不忘。」其先言憂心而後言君子，不知憂心者復爲何人？其卒章云「以雅以南，以籥不僭」其辭甚美，又疑非刺也。不知南爲何樂？皆當闕所未詳。		
81	裳裳者華	刺幽王者三事爾，由小人在位而讒諂進，故棄賢者之類絕功臣之世也。卒章又戒王毋近小人而當親君子。	毛鄭以裳華喻君，以之子爲明王，失詩之義。毛又以左之爲朝祀之事，右之爲喪戎之事。鄭以君子爲先人，考詩及序，了無此義，失之尤遠。	朱傳於毛鄭及歐公均不採。
82	鴛鴦	序云思古明王交於萬物有道，自奉養有節。上二章之義，了不涉及序意。此篇本義未可知，宜闕其所未詳。	二章云「鴛鴦在梁，戢其左翼」鄭謂明王之時，人不驚駭，然則與遭畢羅二章義正相反，而鄭皆爲明王之時，	朱傳不採毛鄭意。

83	車舝	詩序言褒姒之惡敗亂其國，大夫不能救止，顧無如之何，因思得賢女以配君子爲輔佐，庶幾可救王爾。 〔附註〕以上(74)巧言至(83)車舝，詩本意卷八。	理豈得通？ 鄭氏以車舝之詩周大夫惡褒姒之亂國，欲求賢女以輔佐幽王。然解詩三章皆以幽王既得賢女之後改爲善行，大夫以此相慶，豈詩人之本意？鄭箋平林云：「王若有美茂之德，則賢女來配。」亦非詩人本意。至於式燕庶幾分爲二事，又云我與女用是歌舞相樂，喜之甚也。然則上言方庶幾幸王變改，下言則已喜甚，又以雖無德三言斷爲一句，皆文義乖離害詩本義。	朱傳於毛鄭歐公意均不採。
84	青蠅	青蠅之爲物甚微，至其積聚而多，往來飛聲可以亂人之聽，故詩人引以喻讒言漸漬	青蠅之汙黑白，不獨鄭氏說，前世儒者亦多見於文字，不知昔人何爲有此說也。青	朱傳採歐公意。

		之多能致惑爾。	蠅所汙甚微，不能變物之色。詩人惡讒言亂善惡，其爲害大，必不引以爲喻。至於變黑爲白則未嘗有之，乃知毛義不如鄭說也。止于樊者欲其遠之，當限之於藩籬之外，鄭說是也。	
85	賓之初筵	刺幽王君臣沈湎於酒。其前二章略陳昔之人君與其臣下飲酒秩然有序。下二章刺王之君臣上下飲酒既失威儀，又號呶起舞，雜亂籩豆，又立監史以督罰不飲者，時人反以不醉爲恥。卒章戒醉者勿自縱而至大慢，又戒人以醉言不可聽，又教飲者以醉辭也。	如鄭氏之說則是一日之內，朝爲得禮之賢君，暮爲淫液之昏主。此豈近於人情哉？詩五章前二章陳古如彼，後三章刺時如此，而鄭氏不分別之，此其所以爲大失也。	朱傳詩旨不採歐公意，而詩文訓釋則多與歐公同。

86	采菽	幽王侮慢諸侯，不能錫命以禮，君子思古以刺今。詩述諸侯來朝車服之盛，皆是天子所賜，以刺幽王不能賜諸侯也。	「君子來朝，言觀其旂」鄭謂諸侯來朝，王使人迎之，因觀其衣服車乘之威儀，所以爲敬且省禍福。詩及序文，皆無之據。鄭謂君子所屆爲法制之極，天子所予爲非有解怠紓緩之心，天子以是故賜予之者，皆衍說也。鄭謂紼纚維舟猶諸侯御民以禮法者，非也。樂只君子，天子葵之，毛謂明王能維持諸侯，是矣。	歐公指爲衍說者，朱傳亦不採。
87	角弓	自四章以上毛鄭之說皆是。五章六章則刺王所以不親九族者由好讒佞而被離間也。七章八章述骨肉相怨之言。	毛鄭說老馬反爲駒，謂王侮慢老人，遇之如幼穉，雖非詩本義，理尚可通。其「如食宜饇，如酌孔取」謂王如食老人，宜使之飽；如飲老人，宜度其所勝多少，則非	歐公指爲衍說者，朱傳亦不採。

88

菀柳

詩人言彼菀然茂盛之柳尚可以依而休息，而幽王暴虐不可親，今天警動我使我無自暱近之，又使我安之以待其極。二章義同。卒章蓋諸侯怨叛之辭，錄之以見幽王之惡，人心離叛如此，而王不悔改也。

詩之意也。至於「教猱塗附」謂人心皆有仁義，教之則進；「雨雪見晛」喻小人雖多，王若欲與善政，則小人誅滅；「如蠻如髦」又謂小人之行如夷狄而王不能變化。考序及詩，了無此義。毛鄭失其本旨也。毛謂不善紲縶，巧用則反者，衍說也。鄭箋「上帝甚蹈」分為兩句，豈成文理？「俾予靖之，後予極焉」如鄭說則詩人方呼天，言王不可朝，其下文遽言王使我謀之初，無假使朝王之語，鄭何從而得之？臆說也。「彼人之心」以為斥幽王，言王心無常，不知所屆，考詩初無此意，又與

歐公指為臆說者，朱傳亦不採。

89

白華

褒姒淫惑幽王，竊居后位，故使下國之人效之立妾爲妻，正妻被棄而王不能治也。之子者，棄妻斥其夫，碩人乃刺幽后，白華以爲菅，白茅以爲束，言二物各有所施，可以並用，如妻妾各有職，可以並居，而之子乃獨遠棄我而不見容。蓋由天道艱難而使之子心不善也。「滮池北流，浸彼稻田」，言化自上行而及下，刺王及后也。「樵彼桑薪，卬烘于煁」，物失其所，棄妻自傷。「鼓鐘于宮，聲聞于外」言王后爲惡於內而聲達於外，使人效之。「有鶖在梁，有

下文不屬，亦其失也。周人作詩本爲下國之人以妾爲妻，毛鄭所解終篇不及下國之人妻妾事，此其所以失也。毛解碩人爲妖大之人，此又其穿鑿也。

朱傳採歐公意。

鶴在林」如妾不宜居正位而妻不宜被遠棄。「鴛鴦戢翼」雌雄相好之鳥也，言之子二三其德，曾此鳥之不如也。「有扁斯石，履之卑兮」言至賤之物常在人下而爲人助，如妾止當在下而佐人爾。今之子遠我而進彼，使我病也。

90

漸漸之石

此詩述東征荊舒也。漸漸高石與悠悠山川，皆東征之人敍其所歷險阻之勞。「不皇朝矣」謂久處於外不得朝見天子。二章「不皇出矣」謂深入險阻將不得出。豕涉波而月離畢，謂征役者在險阻之中，惟雨是憂，不皇及他也。

鄭氏泥於序文，以漸漸之石比戎狄不可伐。山川爲荊舒之所處，戎狄無不可伐之理，何國無山川，豈獨荊舒有之？此又不通之論也。鄭以「維其勞矣」爲荊舒之國勞勞廣濶，何其舍簡易而就迂回也？鄭以「不皇出矣」爲不能正荊舒令出使聘問於王

朱傳多採歐公意。

〔附註〕以上(84)青蠅至(90)漸漸之石，詩本義卷九。

，此尤臆說也。豕涉波，月離畢，將雨之兆，毛說是也。鄭曲爲比興，又汗漫而不切，蓋其衍說也。

91

文王

周國自文王盛大，至武王因之，遂伐紂滅商而有天下。文王俯仰之間，常如在帝左右爲天所親輔，子孫能勉修文王之令聞則本支皆可傳於百世。周之興不獨其君因其世德，其衆士佐文王成功業者亦世有顯名，昔天命爲商之蕃屏，而今乃命爲周諸侯，由商失德周有德也。詩人戒周之群臣，使無失其世德以配天命而求福祿，又丁寧當知殷之興亡皆自天。卒章又言天命難知，但效文王。

毛鄭謂文王天命之以爲王，又謂文王聽虞芮之訟而天下歸者四十餘國。說者因以爲受命之年乃改元而稱王，由是以來，怪妄之說，不勝其多。欲譽文王而尊之，其實積毀之言也。至於虞芮質成，毛鄭之說雖疑過實，然考傳及箋初無改元稱王之事，未害文王之爲文王也。序言文王受命，毛以爲受天命而王天下，鄭又謂天命之以爲王云者，惑後學之尤甚者也。如毛鄭之注，文王則是天

朱傳採歐公意。

92	棫樸	文王能官賢才任國大事，詩人美之。言芃芃然棫樸茂盛採之，喻文王官賢才充列位。王威儀濟濟，臣趨事之，以見君臣之盛。二章言在宗廟則奉璋助祭皆髦俊之士。三章言舟之行水，由衆人櫂之，如王之治國必衆賢居官以共濟。又言王有所征伐則六師皆從，以見王所官人文武之材各任其事。四章言雲漢在上爲天之文章，猶賢才	諄諄命西伯稱王，失詩本義。毛鄭說文王滅殷而盡有天下，此又厚誣文王之甚者也。毛鄭以緝熙爲光明，不知何據？毛鄭謂光明爲賢中之賢，此穿鑿之尤甚者。 棫樸五章，毛於其四章所解絕簡，莫見其得失，其首章棫樸之義頗詳，而二家之說相違，然毛得而鄭失。 首章棫樸之義，如鄭說則斫棫樸將祭而積薪乃賤事，人人能之，詩人必不以此爲能官人。自倬彼雲漢而下二章如鄭說更無官人之意，汗漫而無指歸，此皆其失也。	朱傳不謂文王能官賢才而曰文王德盛而人心歸附趨向之。

93

思齊

在朝爲國之光采。卒章又言金玉質美，必待琢而成文章，以喩臣下雖有賢才，必待獎用而成德業。又言王當勉勉用人而但提其綱紀爾。

文王幼育於賢母，長得賢妃之助，以成其德。詩人旣述文王修身之善能和敬於人神而出處有常度，又述其遇事之聰明，所爲皆中理。然後本其所以聖者由生於賢母，幼被養育而至有成人之德，旣又推廣而言曰：不獨文王，古之人自幼教育無厭，則皆有名譽爲俊髦之士矣。

思齊主述大任之德，鄭箋自惠于宗公而下三章皆了不及大任。又以「雝雝在宮，肅肅在廟」爲文王在辟雍，羣臣助王養老，在宗廟羣臣助祭等，皆非詩之本意。其爲衍說，失詩之旨遠矣。惠于宗公，鄭以爲順于大臣，其下文又別述，上下文義何由聯屬？鄭謂不顯爲有賢才之質而不明者，無射爲無射才者。夫觀禮豈限賢才之質？未聞必須能射者方得觀禮。

朱傳多採歐公意，唯末章解釋有異。

94

皇矣

詩人言周世德所積至文王又著功業而德最盛。侵密而外患息乃定邑居；伐崇而威德著，則四方皆服。詩人雖推大祖宗之功，務極其美，然功業大小次第先後亦自有倫。

鄭何據而知是在辟雍之人？「不聞亦式」，鄭以爲有仁義之行而不聞達者，「不諫亦入」以爲有孝弟之行而不能諫諍者，皆得助祭於廟，穿鑿之弊，至於如此！

毛以二國爲夏殷，非。鄭謂二國爲紂及崇侯，崇侯是，紂非。鄭以四國爲密阮徂共，亦非。毛以阮共爲國，亦非。若如鄭說密人不恭，不被討而徂阮共，無罪見侵，理必不然。毛傳亦同，但以徂爲往，小異。大義皆失之。就如鄭說，文王何以爲功業？何以示威德？詩人亦何足稱述哉？而爲毛鄭之學者，又謂周侵三國，召兵於密

朱傳詩旨採歐公意，而於訓釋「二國」則採毛傳。

95

生民

見於史記者，姜嫄初無高禖祈子與欲顯靈之事，直言姜嫄出履大人之迹，生子懼而棄之。及見牛羊不踐等事，知爲異兒，遂收育之。生民之詩，孔子之所錄，必有其義，蓋君子之學也不窮遠以爲能，闕所不知愼其傳以惑世也。闕焉而有待可矣。毛鄭之說余能破之不疑。

而不從者，尤疎。度明類長君順比七者，毛鄭曲爲訓義，於義爲衍。

毛謂姜嫄帝嚳高辛之配。高辛以玄鳥至日親祠于郊禖以求子，姜嫄從帝嚳而見于天，天歆饗而降福乃生后稷。姜嫄知后稷有天異乃取而育之。鄭謂姜嫄乃高辛後世之妃，姜嫄以無人道生子，乃寘之隘巷等處以顯其異。二家自相乖戾，折以至理可攻而破之。鄭又惑於讖緯以后稷於堯世爲二王之後，皆由其臆出。如鄭說，姜嫄不因人道而生后稷，不王其身而至千歲後王其子孫，天意果如是乎？毛於史記不取履迹

朱傳多採毛鄭意。

			之怪，而取其訛謬之世次；鄭則不取其世次而取其怪說。諸儒附之，駁雜紛亂。附毛說者謂后稷是帝嚳遺腹子，附鄭說者謂是蒼帝靈威仰之。其乖妄至於如此！	
96	鳧鷖	言人神和樂。其曰鳧鷖在涇、在沙，謂公尸和樂如水鳥在水中及水旁，得其所也。	鄭氏曲爲分別以譬在宗廟等處，皆臆說也。	朱傳採歐公意。
97	假樂	臣民嘉美成王之德。詩人言大哉可樂者，彼成王君子有顯顯之德以宜其人民而受天之祿，爲天所保右而命之以爲王也。其二章言成王福祿及其子孫世世爲君王。又戒其子孫常循用成王之典法。三章言成王外有威儀，內有令德，其臨下無有怨惡	鄭氏以宜人爲能官人。成王德美甚衆，不應獨言其官人。二章戒後世無忘成王之法，而鄭以爲成王循用周公之禮法，非也。燕及朋友謂燕私之燕，非燕飲之燕也。	朱傳多採歐公意，但言君子爲王而不曰成王。

於人，率用羣臣以共治之，王享其福祿，總其綱紀而已。卒章言在燕私則朋友，在公朝則卿士，皆當共愛于王而不解于位，民乃得安息也。

〔附註〕以上(91)文王至(97)假樂，詩本義卷十。

98

卷阿

召康公戒成王求賢用吉士。詩人引鳳凰來集以喻賢臣難得，王能致之。鳳鳴高岡而集於梧桐之上，梧桐茂盛，鳳凰和鳴，以喻成王能致賢士集於朝，君臣相得而樂。下文遂謂君子得優游之樂。

詩曰有馮有翼，有孝有德。毛以道可馮依以爲輔翼，得之矣。鄭謂馮爲馮几，有孝爲成王有德，爲羣臣言王之祭祀，擇賢者以爲尸，以上下章文意考之絕不相屬，且詩本無祭祀之事，此鄭之失一也。鄭以亦集爰止爲衆鳥，詩人但言亦集爰止，安知爲衆鳥！如下章亦傅于天，

朱傳訓釋不採鄭說。

99

蕩

召穆公見厲王無道而傷周室將由王而隳壞，乃仰天而訴，言天果愛民則宜常命賢王，奈何有初而無終！二章以下乃條陳王者之過惡，言此等事皆殷紂所行，文王咨嗟以戒於初而厲王踐而行之於

豈可鳳自來集而衆鳥上傅于天？此理不通，灼然可見。鄭又言因時鳳凰至故以爲喻，考於詩書，成王時未嘗有鳳至，此其失者二也。毛謂梧桐太平而後生朝陽，梧桐安有太平然後生朝陽之理！此妄說也。鄭又謂梧桐生猶明君出，生於朝陽猶君德之溫仁者，亦衍說也，此其失者三也。

毛鄭於板及此詩以上帝爲君王，意謂斥厲王，皆非。鄭謂厲王弭謗，穆公不敢斥言王惡，故上陳文王咨嗟殷紂以切刺之者，亦非。鄭又謂天降滔德是厲王施倨慢之化者，亦非。且詩終篇述殷紂

朱傳採歐公意，唯不曰召穆公所作。

100

抑

終也。穆公作詩時周室尚存，然知其必亡者，以王爲無道，根本先壞爾。又言非獨文王之鑒殷，殷之初興亦鑒夏之亡矣，然則後之興者當又鑒厲王也。

武公刺王不修其容德而陷於不善。首章汎論人之善惡在乎自修愼與不愼，以譏王而勉之亦以自警其怠忽。二章謂修身而天下服。一、二章皆汎論。下章乃專以刺王。三章指時事以刺王。四章刺王不知修飾容德以遠禍。五章教王所以防亂、自修。六章戒王愼出話，言不可苟。七章又戒王愼言與德，友君子以遠罪。八章戒王不惟自

，不宜中取一句獨斥厲王，此理難通。至於流言以對，鄭意皆謂厲王者，皆非也。鄭以蕩蕩爲法度廢壞，遂失詩義。其訓義毛鄭得之，所失者詩之大義。

詩汎論之語多，指切厲王之語少。而毛鄭多以汎論之語爲刺王，非詩義也。鄭於蕩謂不敢斥言王而遠引殷商，於抑則以小子皆爲斥王，何前後之不類也。「神之格思，不可度思」鄭引禮祭於奧既畢，改設饌於西北隅，神之來不可度知，況可於祭末而有厭倦乎者，衍說也。鄭謂童羊譬王后與政事，又言天子未除喪稱小子，以上下

朱傳不採歐公詩旨，而曰衞武公自警之詩。

101

桑柔

修於顯又當不懈於隱。九章謂人心樂善，惟上所爲是效。十章言上若修德，下則爲善以應，人必溫恭然後可以修德。十一章汎言哲人可敎，愚人不可敎。十二章刺王之不可敎，武公自悔而又自解。十三章武公自傷。十四章武公不忍棄王而不告，庶幾聽我，猶可不至於大悔。

桑柔捋采病此下民，以桑無葉不能蔭人，喩王無德不能庇民。他木皆有枝葉而詩人獨以桑爲喩者，惟桑以葉用於人，常見捋采爲空枝，而人不得蔭其下，故以爲喩。

文考之，殊無倫次，亦其衍說。二者尤汨亂詩義者。至於分斷章句，皆失其本。

考厲王事蹟，據國語、史記及詩大小雅，皆無用兵之事。桑柔文亦無王所征伐之國，凡鄭氏所謂軍旅久出征伐士卒勞苦等事，皆非詩義。不知鄭氏何據而爲說？鄭以詩言捋采其劉乃云羣臣恣放損王之德，亦非詩人本意。

毛傳標興，朱傳首章採歐公之比體，而詩文訓釋則多採鄭意。

102

瞻卬

詩述民呼天而仰訴之，謂天不惠我，命此幽王爲君，使邦靡有定而士民病，遂陳幽王之事，又稱天以戒王。

〔附註〕以上(98)卷阿至(102)瞻卬，詩本義卷十一。

「誰能執熱，逝不以濯」鄭以爲治國之道當用賢者，不惟取喻疎遠，又與下文意不聯屬，亦非詩義也，其餘小失甚多。毛於刺厲之詩，常以昊天上帝爲斥王，至此一篇鄭獨以昊天爲上天，鄭既不從，可知毛說非矣。鄭氏得其義雖小有不合，不害大義者，皆可通也。故不煩復解。

毛鄭以昊天皆爲斥王，非也。又云微箴之者，亦非。「哲夫成城，哲婦傾城」鄭謂丈夫陽婦人陰，及陽動陰靜等語，皆衍說汨亂本義。毛訓寺爲近，鄭謂近愛婦人。寺無訓近之義，且詩所刺婦

朱傳採歐公意。

			人本不謂疏遠者，不暇更言近。毛鄭以「休其蠶織」之休爲休息，考詩之文義不如此。	
103	維天之命	成王謂天命文王以興周，文王中道而崩，天命不已，王其後世，乃大顯文王之德。假以及我，我其承之以大順文王之德不敢違。又戒其子孫益篤承之也。成王謙言天本命文王與周而文王不卒，遂假以及我也。	維天之命，鄭以命爲道，謂天道動而不止，行而不已者，以詩下文考之，非詩人本義。鄭謂告太平在周公居攝五年之末，出於臆說。因謂既告之後遂制禮作樂，又解駿惠我文王謂爲周禮六官之職者，皆詩文所無以惑後人者，不可不正。	朱傳於詩旨棄歐公採鄭意。訓釋則棄鄭說。
104	烈文	詩人述成王初見於廟，諸侯來助祭，既祭而君臣受福自相勅戒之辭也。	「無封靡于爾邦」鄭以爲無大累於爾邦，非也。「無競維人，四方其訓之」鄭箋亦非詩人本義。「錫茲祉福」毛以爲文王錫之，鄭以爲天	朱傳云：「封靡之義未詳。」

105	天作	詩本義謂天有此高山，大王依以爲國。彼作矣，文王康之者，謂天起高山大王奄有之，大王起於此而文王安之。彼徂矣岐，有夷之行者，謂大王自豳往遷岐，夷其險阻而行，言艱難也。故其下言戒子孫保之。	錫，宜從毛義爲是。鄭云天生此高山，使興雲雨者，衍語也。毛又謂天生萬物於高山，大王行道能安天之所作者，益非。鄭謂彼作矣爲作宮室，又云岐邦之君有佼易之道者，皆非也。鄭謂高山爲岐山，是也。	朱傳採歐公意。
106	時邁	時邁是武王滅紂已定天下，以時巡守，而其臣作詩頌美其事，以爲告祭柴望之樂歌。	詩但言時邁其邦，昊天其子之，實右序有周爾。鄭謂多生賢知使爲之臣者，詩旣無文，鄭何從而得此說？「載戢干戈，載櫜弓矢」天下已定，武王遂收藏兵器而後巡守，鄭不得云巡守而天下服。「我求懿德，肆于時夏，允王保之」如鄭之說是武王	朱傳採歐公意。

107 108	思文 臣工	來牟之義既未詳則二篇之義亦當闕其所未詳。	陳臣下之功而歌頌之，其下文云允王保之者，是誰呼武王而戒使長保也？鄭於此頌其失尤多。毛但以牟爲麥，而鄭於思文謂武王渡孟津，白魚躍入王舟出涘以燎，後五日火流爲烏五，至以穀俱來。於臣工又云赤烏以牟麥俱來。甚矣漢儒之好怪也。毛鄭於生民已爲天降四穀之說，至於思文臣工又爲此說，不獨鄭氏之失，毛意亦同。毛鄭妄信僞書不可知之穀，臆度以爲麥而苟欲遷就來牟之說，其可信哉！	朱傳不採毛鄭意。
109	敬之	羣臣之戒成王曰：敬之哉天道甚顯，然其命不易，無以	敬之一章毛鄭失其義者三四，「陟降厥士，日監在玆」	朱傳多採歐公意。「士」訓「事」則取毛

		天高爲去人遠，凡一士之微其陟降天常監見之，況於王者乎？其舉止善惡天監不遠也。「命不易哉」言王受命甚艱難也。成王乃爲謙恭之辭答羣臣見戒之意。	毛但易士爲事，而都無其說，鄭遂云天上下其事，謂轉運日月施其所行。言天運日月，以日月瞻視，何其淺也！毛鄭常以緝熙爲光明，至於此頌云學有緝熙于光明，然則緝熙不爲光明可以悟矣。而二家云光明謂賢中之賢，此豈爲通義哉！鄭謂成王自知未能成文武之功，周公始有居攝之志，考詩文了無此語，鄭氏之旨不惟衍說，實惑後人，不可以不正也。命不易哉，毛鄭以爲變易之易，非也。	意。
110	酌	於鑠王師者，美武王之師也。遵養時晦者，謂有師而不耀其威武養之以晦也。時純	鄭云王師，文王之師；毛謂武王之師。毛說是矣。遵養時晦，毛鄭之說皆非。如鄭	朱傳採歐公意。

111

有駜

熙矣是用大介者，謂周與以德不專用武以師助其與爾。我龍受之者謂武王之功與此王業，成王寵受而承之也。「蹻蹻王之造」言蹻蹻然武功，武王之所爲也。「載用有嗣」者，謂後世能承其業爲有嗣矣。「實維爾公」者，武王用師，實天下之至公，信可謂王師矣。

「有駜有駜，駜彼乘黃」者，僖公寵錫其臣車馬之盛也。「夙夜在公，在公明明」者，謂修明其職也。「振振鷺，鷺于下。鼓咽咽，醉言舞，于胥樂兮」者，言其羣臣能自修潔有威儀，君臣燕飲以相樂也。其先言在公而

之說，是詩人但著一遵字而使後世知是文王率殷之叛國以事紂，此鄭之臆說，穿鑿可知。鄭謂文王養紂以老其惡者，是厚誣文王也。

毛以馬肥強喻臣能彊力已爲衍說，而鄭又謂喻僖公用臣必先足其祿食則莫不盡忠，皆詩文所無，妄意詩人而委曲爲說，故失詩義。毛以「振振鷺，鷺于下」爲興潔白之士，鄭又謂「在公明明」爲君臣明義明德，故爲義疏

朱傳於毛鄭及歐公意均棄而不採。

後言胥樂者，先公而後私也。下章飲酒載燕，其義皆同。

者，廣鄭之說，因謂在公爲舊臣振鷺爲新來之士，不惟詩無明文，妄爲分別，非詩本義。若以首章之義如鄭說，則舊臣夙夜在公而新來之士飲酒醉舞，此豈近於人情？所以然者，皆由委曲生意，爲衍說以自累也。卒章箋傳是矣。

112 那

猗那之頌，詩人述商王祀其先祖成湯，美其樂武及其助祭諸侯與其執事之臣，皆由商王之能將其事也。

詩云「寘我鞉鼓」，毛鄭皆讀寘爲植，謂三代之鼓異制，湯伐桀，定天下，始用植鼓，故詩人歎美之者，非也。毛謂湯孫成湯，鄭謂太甲，二說皆非。「綏我思成」毛引禮記齊日之說，亦非。鄭解假爲升，是也。溥言按：「毛引禮記」當爲

朱傳採歐公意。

113

烈祖

嗟嗟我烈祖中宗以其有常之福申錫主祀之王。「既載清酤，賚我思成」謂以清酒祼獻而神賚我使成祀事。「亦有和羹」者，言調和此羹之人謂膳夫也。「既戒既平」者，戒愼其事也。「鬷假無言，時靡有爭」者，謂執事之臣總至無喧嘩又不交侵其職位，以見在廟之人皆肅恭而舉動得禮，所以神明錫以眉壽黃耇之福也。「約軝錯衡，八鸞鶬鶬」者，此始謂助祭之諸侯也。「以假以享」者，謂諸侯既至而助享也。「我受命溥將，自天降康，豐年穰穰」者，我時王受

「鄭引禮記」。

鄭執那頌烈祖以爲成湯，非也。鄭謂和羹喻諸侯有和順之德，亦非。詩無明文，乃是臆說。鄭解「鬷假無言」以爲諸侯助祭總升堂而齊一寂然無言，豈是詩人本意？鄭訓假爲升，遂云諸侯助祭者來升堂獻酒而神饗。諸侯助祭古無獻酒之禮，今詩又無明文，亦鄭之臆說也。

朱傳於「烈祖」採毛鄭之訓爲「成湯」說，餘則多採歐公意。

114	長發	天命溥將此祭祀而天降豐穰，使我備物而祭致神歆饗而降福也。 帝，上帝也。玄者，深微之謂也。「苞有三蘖，莫遂莫達。九有有截，韋顧既伐，昆吾夏桀」，考文求義，謂一本而生三蘖也。夏所謂本，韋、顧、昆吾所謂三蘖，謂此三蘖莫能遂達其惡，皆伐而去之，並拔其本也。其曰「九有有截」者，蓋湯已為天下所歸，用此九有之師以伐三蘖並其本而去之也。 〔附註〕以上自（103）維天之命至（114）長發，詩本義卷十二。	「帝立子生商」鄭以為黑帝。鄭惑讖緯，其不經之說汨亂六經者不可勝數，學者稍知正道，自能識為非聖之言。然今著於箋以害詩義，不可不去也。至「玄王桓撥」又云承黑帝而立子者，亦宜去也。「苞有三蘖」鄭何據而為三王之後乎？毛以苞為本，蘖為餘，是矣。	朱傳採歐公意。

這裏補充說明，歐公一一四篇詩本義的體例，每篇分前後兩段。前段論毛鄭之失，首冠以「論曰」兩字；後段再特申一篇本義，則冠以「本義曰」三字。有時也省去後段，不再特申詩本

義。所以本表內容的摘要，詩本義欄文字，也不一定自後段摘錄。

依上表考察，朱傳之採歐公意者，有兎罝、野有死麕、考槃、氓、竹竿、兎爰、女曰雞鳴、東方之日、東門之枌、鵙鴞、破斧、皇皇者華、出車、何人斯、小明、青蠅、白華、文王、鳧鷖、瞻卬、天作、時邁、酌、那、長發等二十餘篇，其餘則大多爲部分採歐公義，如關雎採以淑女爲太姒，葛覃卒章「害澣害否」句，依歐公意，採鄭釋而棄毛傳，卽其例。其中如毛傳於秦風黃鳥之「交交黃鳥」，小雅小宛之「交交桑扈」皆釋交交爲「小貌」，鄭箋却於桑扈篇之「交交桑扈」毛傳不再訓釋處，釋交交爲「飛往來貌」以否定毛義。歐公於小宛篇特提出以鄭爲是，朱傳遂於此三「交交」均訓爲飛往來之貌。此並可見歐朱讀書，均極精細。關雎是周衰之作，歐公在十四卷時世論中，更明白指出齊、魯、韓三家，皆以爲康王政衰之詩。朱子雖不採此說，但也效歐公廣採三家義等來註詩，故其詩名集傳。關雎篇卽亦引齊詩匡衡語。而朱傳周頌三十一篇中以昊天有成命、噫嘻之爲康王時詩，執競之爲昭王時詩，卽係採歐公時世論之說者。朱傳不採歐公意而獨創新說者，僅（邶風）柏舟、采葛、丘中有麻、有女同車、山有扶蘇、褰裳、子衿等數篇，除柏舟外，其餘均係指爲淫詩者。其實朱子的指鄭衞的若干篇章爲淫詩，也自歐公啓之。像靜女篇歐公卽謂「述衞風俗男女淫奔之詩」，而朱傳從之，僅卒章不採歐公意耳。

鄭衞淫奔之詩和改變毛傳興體，爲朱傳兩大特性。前者既由歐公啓之，後者也由歐公發其端。例如兎罝毛傳不標興，而歐公以爲興，朱傳遂標全篇爲興；竹竿毛標興也，而歐公謂「據文求義，終篇無比興之言，而毛鄭曲爲之說，常以淇水爲比喻……」，因此朱傳也改毛興爲全篇皆賦。

至於小序問題，大家都說蘇轍始刪首句以下之文，鄭樵力斥小序，而朱子的詩集傳，遂棄小序而不用。歐公的詩本義，乃據序以辨毛鄭之失者。實則歐公於小序之可取者，固據以論毛鄭；小序之不可取者，亦處處直指其失。他在卷十四三問的序問中說：「今考毛詩諸序，與孟子說詩多合，故吾於詩常以序爲證也。至其時有小失，隨而正之。惟周南、召南，失者類多，吾固已論之矣，學者可以察焉。」蓋歐公在一一四篇本義中，論小序之失者屢見，凡十一處之多，計(1)螽斯(2)兎罝(3)麟趾(4)鵲巢(5)野有死麕(6)氓(7)有女同車(8)山有扶蘇(9)皇皇者華(10)雨無正(11)鼓鐘，此十一處，不僅指出十一篇小序之失，且兼及騶虞、行露等序之失；其於麟趾、野有死麕中，且一再說：「二南序多失」；其於雨無正，更說：「據序曰：雨自上下者也。言衆多如雨而非正也。今考詩七章都無此義，與序絕異。」而於有女同車與山有扶蘇序，又指爲均與詩不符而應互易。這樣二南序多失，雨無正序與詩全不合，有女同車與山有扶蘇序應互易，其議序之失，所失既多而又甚。而且僅取序首句，歐公也於十三卷義解中開其例。所以蘇轍就跟着棄小序首句以下的部分，鄭樵朱熹，再進一步要小序全棄了。所以我們可以說蘇轍、鄭樵、朱熹的主張，都是在受歐陽修詩本義的影響之下的產品。至於錢大昕說：「歐陽永叔解『吉士誘之』爲挑誘，後世遂有詆召南爲淫奔而欲刪之者。」則更以王柏刪淫詩的主張，也由歐公啓其端。查詩本義確有「其卒章遂道其淫奔之狀」語，則王柏要刪此詩，也可說受歐公此語的影響了。

四、詩本義研求詩人本志的方法的探討

歐公的辨毛鄭得失，常以小序爲證，是因與孟子說詩多合，所以歐公研求詩本義的方法，其實不是據詩序爲說，而是依孟子說詩的方法。

孟子說詩的方法怎樣？孟子萬章篇載孟子的話說：「說詩者不以文害辭，不以辭害志；以意逆志，是爲得之。」歐公在詩本義卷一第一篇關雎本義中，就扼要地提出這樣三句：「孟子曰：『不以文害辭，不以辭害志。』」因此紀昀評詩本義就用「出於和氣平心，以意逆志」的十個字來代表。所以歐公用孟子說詩的方法，平心靜氣客觀地從詩經各篇原文，依文解辭，依辭去推求詩人作詩的本志，就是他撰寫這一一四篇詩本義的方法。

但是這樣「以意逆志」地去推求詩本義，要怎樣才可以做到「不以文害辭，不以辭害志」呢？那是憑「情理」兩字，若憑情理去推求詩本義而不得，寧可從闕。歐公也憑這「情理」兩字去辨別毛鄭的得失。

一一四篇詩本義第一篇關雎義，辨「毛鄭釋淑女不是太姒，而是三夫人九嬪御以下衆宮人」之非，他說：「上言雎鳩，方取物以爲比興，而下言淑女，自是三夫人九嬪御以下，則終篇更無一語以及太姒。且關雎本謂文王太姒，而終篇無一語及之，此豈近於人情？古之人簡質不如是之迂也。」這就是以不近人情來辨毛鄭之失。

又第六一篇出車義，一開頭便論曰：「詩文雖簡易，然能曲盡人事，而古今人情一也。求詩義者以人情求之，則不遠矣。然學者常至於迂遠，遂失其本義。毛鄭謂出車于牧以就馬，且一二車邪？自可以馬駕而出；若衆車邪？乃不以馬就車，而使人挽車遠就馬于牧，此豈近人情哉？又言先出車於野，然後召將率，亦於理豈然？」

關雎篇毛鄭義不近人情，出車篇毛鄭義不合人情，不合事理。必須推求得合情合理，才不失詩篇本義。否則，便會犯上「以文害辭，以辭害志」的毛病。歐公說詩，就是以人情的常理爲準則。因爲事理也就是人情的常理也。

歐公的所謂理，是事理，是人情的常理，也是物理，是詩文的文理。歐公於第十篇鵲巢，就以物理來論斷小序和鄭箋之失。一開頭便論曰：「據詩但言維鳩居之，而序言德如鳲鳩乃可以配。鄭氏因謂鳲鳩有均一之德。以今物理考之，失自序始，而鄭氏又增之爾。」於第五四篇九罭義，就以文理來衡量毛鄭的得失，一開頭便論曰：「九罭之義，毛鄭自相違戾，以文理考之，毛說為是也。」於是歐公以人情的常理、以事理、以物理、以文理來說詩，可歸結為「以理說詩」四字。

就因歐公是詩文能手，常以文理說詩，異於毛鄭，所以朱子評毛鄭是「山東老學究」，說詩不免迂遠不近情理。而歐公則「會文章」注意文理，「故詩意得之亦多。」且能「其說直到底不可移易。」但仍不免「以今人文章，如他底意思去看，故皆局促了詩意。古人文章，有五七十里不回頭者，蘇黃門詩說疏放，覺得好。」歐公自己也說：「古之人簡質」，歐公說詩，往往看得文理太嚴密了，若能疏放一些，就更好了。但歐公說詩，揚棄春秋時代流行賦詩的「斷章取義」，後來盛行「引詩為證」的引伸義，以及如以麟趾為關雎之應的編詩者的假設義等，而專致於詩人作詩本志的詩本義，這非但啓發了朱子以玩味詩經本文來說詩的路線，並保存了從闕的傳統。

歐公以理說詩，也以理說易、說書、說春秋，開宋代以理說經的先河。元人脫脫說他「折之於理，以服人心」，紀昀說他「盡其說而理有不通，然後以論正之。」都能闡發歐公作文為學的特長。而且朱子也承認歐公是宋代理義之學的先驅。那末歐公詩本義研求詩人本旨的方法，在詩經學歷史的發展上，也就更是值得我們重視的一環了。

五、一義解取舍義三十二篇的考察

前面考察過了一一四篇詩本義，現在接下去一併將第十三卷雛形的詩本義一義解與取舍義也考察一番。

詩本義分「論曰」和「本義曰」前後兩段，一義解只有相當於論曰的一小段。因爲它不詳論全篇的各章，只論解其中一章或一句，甚或一字之義，故名「一義解」。它並改變方式，先錄一篇的小序，或僅錄序首句，或錄序全文，或錄序之二三句。再用「其詩曰」三字爲首，節錄擬論解的詩一章或三四句、一兩句，接着就申述詩本義論毛鄭傳箋之失。這樣每一篇一小段中又劃分爲⑴小序⑵其詩曰⑶申詩義論毛鄭之失的三段論式，這是它的體例。

例如第一篇甘棠，⑴原序爲：「甘棠，美召伯也。召伯之敎，明於南國。」共三句，而歐公只錄它的首句，⑵「其論曰」下節錄首章三句，⑶接着就論毛鄭解其中「蔽芾」兩字「爲小貌」

之失，以申詩義曰：「毛鄭皆謂『蔽芾小貌』，茇，舍也。召伯本以不欲煩勞人，故舍於棠下。棠可容人舍其下，則非小樹也。據詩意，乃召伯死後思其人，愛其樹而不忍伐，則作詩時益非小樹矣。毛鄭謂蔽芾爲小者，失詩義矣。蔽，能蔽風日，俾人舍其下也。芾，茂盛貌，蔽芾乃大樹之茂盛者也。」這樣歐公改訓蔽芾爲茂盛，而朱子詩集傳亦即改訓爲盛貌。

十三卷載一義解二十篇，都是論毛鄭傳箋一二之失者。其後朱熹撰詩集傳，除參考了一一四篇詩本義外，這二十篇一義解也予研討，因而揚棄了全部毛鄭義，而十之六七即採取歐公義。玆列表以明之。

一義解二十篇內容與朱熹詩集傳對照表

編號	篇名	詩序	其詩曰	一義解	論毛鄭之失	朱傳取捨
1	甘棠	美召伯也。（首句，省二句）	其詩曰：蔽芾甘棠，勿剪勿伐，召伯所茇。（首章全三句）	召伯死後，思其人，愛其樹而不忍伐。蔽，能蔽風日；芾，茂盛貌。蔽芾乃大樹之茂盛者。	毛鄭皆謂蔽芾小貌，失詩義。	棄毛鄭小貌，採歐公蔽芾爲盛貌。

2	日月	衞莊姜遭州吁之難，傷己不見答於先君。（錄序省二句）	其詩曰：日居月諸，東方自出。父兮母兮，畜我不卒。（卒章六句之前四句）	其詩謂父母不能畜養我終身而嫁我於衞使至困窮，尤怨之辭也。	鄭謂莊姜尊莊公如父母而遇我不終，非也。妻之事夫尊親如父母，義無此理。	棄鄭箋採歐公義。
3	谷風	刺夫婦失道也。衞人淫於新婚而棄其舊室。（錄序省二句）	其詩曰：毋逝我梁，毋發我笱。我躬不閱，遑恤我後。（三章八句後四句）	其詩言其妻雖去，而猶不忘其家。	鄭謂禁其新婚毋之我家者，非也。解「我後」爲所生之子孫，亦非。據詩意，後，後事也。	不採鄭箋「後」爲子孫義。
4	簡兮	刺不用賢也。衞之賢者，仕於伶官也。（錄序省一句）	其詩曰：有力如虎，執轡如組；左手執籥，右手秉翟。（二章六句前四句）	其詩謂此賢者才力皆可任用，反使執籥秉翟爲伶官也。	能籥舞豈足爲文武道備？鄭云能籥舞言文武道備，非也。	捨棄鄭箋文武道備義。

5	木瓜	美齊桓公也。衞國有狄人之敗，桓公救而封之，衞人思之欲厚報也。(錄序省二句)	其詩曰：投我以木瓜，報之以瓊琚，非報也，永以爲好也。(首章全四句)	詩人但言齊德于衞，衞思厚報，永爲兩國之好爾。	鄭謂欲令齊長以爲玩好者，非也。木瓜薄物，瓊琚寶玉，取厚報之意爾，豈以爲玩好也？	棄鄭箋玩好義，並疑爲男女相贈答之辭。
6	蘀兮	刺忽也。君弱臣强，不倡而和也。(錄序全文)	其詩曰：蘀兮蘀兮，風其吹女。叔兮伯兮，倡予和女。(首章全四句)	謂蘀須風吹則動，臣須君倡則和爾。	鄭謂羣臣無其君，自以强弱相服，女倡矣，我則和之者，非也。	朱子棄序捨鄭，且以此爲淫女之辭。
7	野有蔓草	民窮於兵革，男女失時，思不期而會也。(序省二句)	其詩曰：野有蔓草，雲露漙兮。有美一人，清揚婉兮。邂逅相遇，適我願兮。(首章全六句)	此詩文甚明白，是男女婚期失時，邂逅相遇於野草之間爾，何必仲春時也。	兵亂之世，何待仲春！鄭以蔓草有露爲仲春，遂引周禮會男女之禮者，衍說也。	朱傳取歐公說，棄鄭箋周禮仲春會男女之說。

8	伐檀	刺貪也。在位貪鄙，無功受祿，君子不得仕進也。（序全文）	其詩曰：坎坎伐檀兮，寘之河之干兮，河水清且漣漪。（首章九句之前三句）	據詩文乃寘檀於清河之側，將以爲車行陸，檀不得其用，如君子之不得仕進，莫能施其用矣。	毛謂伐檀以俟世用，若俟河水清且漣，是寘檀於濁河之側以俟河清不可得也。詩文初無俟清之意，毛說非也。	朱傳取歐公義，棄毛俟河且清之說。
9	羔裘	晉人刺其在位不恤其民也。（錄序省一句）	其詩曰：羔裘豹袪，自我人居居。豈無他人？維子之故。（首章四句）	據詩乃晉人述其國民怨上之辭云：我豈無他國可往？猶顧子而不去爾。在位者，晉國執政之大臣。	鄭謂此民，卿大夫采邑之民。又云：我不去者，念子故舊之人。民於上位何論故舊？序但云不恤其民，鄭據而限以卿大夫采邑，皆曲說也。	朱傳云：此詩不知所謂，不敢强解。
10	七月	陳王業也。（錄序首句，省三句）	其詩曰：三之日于耜，四之日擧趾。司（言按當爲同）我	據詩農夫在田，婦子往饁田，大夫見其勤農樂事而喜爾。	鄭易喜爲饎。謂饎，酒食也。言餉婦爲田大夫設酒食也。鄭多改字，前世	朱傳棄鄭衍說，亦謂「田畯至而喜之

			婦子，饁彼南畝，田畯至喜。（首章十一句之後五句）		學者已非之。然義有不通，不得已而改者，猶所不取。況此義自明，何必改之以曲就衍說也！	也。」
11	南山有臺	樂得賢也。（錄序首句，省二句）	其詩曰：南山有臺，北山有萊。樂只君子，邦家之基。（首章六句之前四句）	考詩之義，本謂高山多草木，如周大國多賢才爾。	鄭謂山有草木以自覆蓋成其高大，喻人君有賢臣以自尊顯，非也。山以高大故草木託以生也，豈由草木覆蓋然後成其高大哉？	朱傳僅謂此詩爲燕饗通用之樂。不採鄭義，亦不云山之高大，其意僅以臺萊爲興耳。
12	菁菁者莪	樂育材也。君子能長育人材	其詩曰：菁菁者莪，在彼中	育材之道博矣，人之材性不一，故善	鄭氏引禮家之說曰：人君教學國人，	朱子傳不提育材，

	，則天下喜樂之矣。（錄序全文）	阿；既見君子，樂且有儀。（首章全四句）	育材者，各因其性而養成之，或敎於學，或命以官，勸以爵祿，勵以名節，使人人各極其所能，君子所以長育之道，亦非一也。	秀士、選士、俊士、造士、進士，養之以漸，至於官之者，拘儒之狹論也。又曰：既敎學之，又不征役者，衍說也。鄭謂有官爵然後得見君子，亦衍說也。	而以此亦燕飲賓客之詩。
13 采芑	宣王南征也。（錄序首句，亦爲全文）	其首章曰：薄言采芑，于彼新田，于此菑畝。（十二句之前四句）	其詩稱述將帥師徒車服之盛，威武之容，而其首章言宣王命方叔爲將以伐荊蠻，取之之易，如采芑爾。其言采芑，猶今人言拾芥也。	毛鄭於此篇車服物名訓詁尤多，其學博矣。獨於采芑之義失之。以謂宣王中興必用新美天下之士，鄭又謂和治軍士之家而養育其身，可謂迂疏矣。	朱傳釋采芑無比意，但謂「軍行采芑而食，故賦其事以起興。」
14 頍弁	刺幽王也。暴	其詩曰：如彼	考詩之意謂其危亡	箋云：喻幽王不親	朱傳改訓

	15
	魚藻
戾無親，孤危，將亡也。（錄序省三句）	刺幽王也。言萬物失其性，王居鎬京，將不能以自樂，故君子思古之武王焉。（錄序全文）
雨雪，先集維霰。（末章十二句中之二句）	其詩曰：魚在在藻，有頒其首，王在在鎬，豈樂飲酒。（首章全四句）
有漸爾。國將亡必先離其九族；如雪將降，以先下霰。見霰，知必有雪；見九族離心，知必亡國，必然之理也。	魚在在藻，言萬物之得其性也。王在在鎬，謂武王安其樂爾。其義止於如此而已。
九族亦有漸，自微至甚，如先霰後大雪，非詩意也。	鄭謂魚之依水草，猶人之依明王。明王之時，魚處於藻，得其性則肥，充詩之言，有述事者，有比物者，一句之中，不能兼此兩義也。魚藻述事之言也。鄭謂魚依水草，如人依明王者，非詩人之本意
先霰以比老至將死之徵。	朱子取歐公意棄鄭說。

16	板	刺厲王也。（錄序首句刪凡伯兩字）	其詩曰：上帝板板，下民卒癉。（首章八句之前二句）	上帝，天也。其民呼天而訴，謂天宜愛養下民，而今反使民皆病也。其意如此而已。	毛鄭以爲上帝斥王者非也。其下云：天之方難，又以爲斥王者，亦非也。苟如鄭說，其卒章云「敬天之怒」，又豈得爲斥王乎？故凡言天者，皆謂上天也。	朱傳訓摧爲摧滅，先祖父母，亦不採毛鄭說。
17	雲漢	仍叔美宣王也。遇烖而懼，側身修行，欲銷去之。（錄序省五句）	其詩曰：昊天上帝，則不我遺。胡不相畏，先祖于摧？（三章十句後四句）	據詩摧當爲摧壞之義，謂旱既大甚，人民飢饉，不能爲國，則將摧壞先祖之基業爾。故其下章又云：父母先祖，胡寧忍予者，其義同也。蓋詩人述也。	毛訓摧爲至，初無義理。鄭又改摧爲嗺，嗟也。改字，先儒不取。毛鄭皆謂先祖文武爲民父母者，亦非也。	朱傳訓摧爲摧滅，先祖父母，亦不採毛鄭說。

				宣王訴于父母及先祖爾。		
18	召旻	凡伯刺幽王大壞也。（錄序首句省二句）	其詩曰：旻天疾威，天篤降喪。（首章五句前二句）又云：天降罪罟（二章五句前一句）	皆述周之人民呼天而怨訴之辭也。其義與瞻卬同。	毛鄭常以爲斥王者，皆非也。	朱傳以全篇皆賦體，則棄毛鄭而採歐公呼天怨訴之義也。
19	有客	微子來見祖廟也。（錄序首句，亦爲全文）	其詩曰：有客有客，亦白其馬。（全章十二句之前二句）	直謂有客乘白馬爾。	毛以爲亦周，鄭以爲亦武庚者，其說皆非也。毛鄭以爲亦者又也。謂周人與武庚乘白馬而微子亦乘白馬也。今考詩之文言亦者多矣，詩人之語助爾。詩無周及武庚之	朱傳採歐公義以亦爲語辭。

20	閟宮	頌僖公也。（錄序首句，刪六字）	其詩曰：赫赫姜嫄，其德不回。上帝是依，無災無害，彌月不遲。（首章十七句中之五句）	據詩意，依，猶賴也。謂上帝是賴者，言姜嫄賴天帝之靈而生后稷，無災無害爾。
文，二家妄自爲說，所以不同也。毛謂上帝是依，依其子孫，鄭謂依其身也。天依憑而降精氣，鄭之此說，是用「履帝武敏歆」之說。其言怪妄，生民之論詳之矣。而毛謂依其子孫者亦非也。其上下文，方言姜嫄生后稷時事，與上帝依其子孫文意不屬。	朱傳云：依，猶眷顧也，說見生民篇。			

今觀前表，二十篇中錄序首句者計有甘棠、七月、南山有臺、采芑、板、召旻、有客、閟宮等八篇，其餘則節錄序之數句或序全文。最堪注意者，爲板篇小序原僅「凡伯刺厲王也」一句，而歐公僅錄「刺厲王也」四句，省「凡伯」二字，但召旻序錄首句「凡伯刺幽王大壞也」全句，

省去其下二句，而未省「凡伯」二字，可見他板篇「凡伯」兩字是有意刪去，可能是認爲此詩非凡伯所作。而召旻不省首句「凡伯」二字，却省首句以下二句，則首句下二句也是有意刪的。而閟宮序也只有首一句「頌僖公能復周公之宇也」十字，歐公又省了「能復周公之宇」六字，可能他又認爲魯僖公沒有「能復周公之宇」的功績，所以特地刪去這六字。如此說來，歐公非但首創僅錄小序首句之例，影響了蘇轍就小序僅用首句，而且歐公比蘇轍更澈底，連小序首句中他認爲不必要的字也予刪除了。

其次，一義解與朱子詩集傳的對照，二十篇朱傳全棄毛鄭義，其中木瓜、蘀兮、南山有臺、菁菁者莪、采芑、頍弁、閟宮七篇另有意見，羔裘篇詩義從闕外，其餘十二篇全採歐公，則其比例，較之前十二卷的一一四篇更爲多了。

取舍義，此一義解更爲簡單，歐公但就一篇中某一毛鄭不同的訓解之「其一可取，其一應捨」者十二篇加以檢討，決其取捨。它的體例與一義解相仿，而其重點僅在毛義與鄭義不同者，應捨誰取誰，予以定奪而說明之，而朱子詩集傳也因歐公的檢討而決定從毛還是從鄭。

現在也將取舍義十二篇列表於下，以便考察：

取舍義十二篇歐公對毛鄭取舍與朱傳對照表

編號	篇名	詩序	所解詩句	毛義	鄭義	歐公取捨	朱傳取捨
1	綠衣	衞莊姜傷己也。言妾上僭，夫人失位也。(省一句)	其詩曰：綠兮衣兮，綠衣黃裏。	毛謂綠間色，黃正色者，言間色賤反爲衣；正色貴，反爲裏，此喻妾上僭而夫人失位，其義甚明。	鄭改綠爲褖，謂褖衣當以素紗爲裏，而反以黃。先儒所以不取鄭氏於詩改字者，謂六經有所不通，當闕之，以俟知者。若改字以就己說，則何人不能爲說？何字不可改也？	當從毛。毛義甚明，無煩改字。	從毛
2	旄丘	責衞伯也。狄人迫逐黎侯，寓于衞，衞不能修方伯連率之職，黎之臣	其卒章曰：叔兮伯兮，褎如充耳。	毛謂大夫褎然有尊盛之服而不能稱。	鄭謂充耳，塞耳也。言衞諸臣如塞耳無聞知也。充耳者，謂衞諸臣聞我所責，如不聞也。	當從鄭，鄭義爲長。	從鄭

	篇名	序	詩	毛	鄭		
		子以責于衞也。（錄序全）					
3	出其東門	閔亂也。鄭公子五爭，兵革不息，男女相棄，思保其室家焉。（全文）	其詩曰：出其闉闍，有女如荼。	毛謂荼，英荼也，言皆喪服也。	鄭謂荼，茅秀，物之輕者，飛行無常。	當從鄭。考詩意以女比物，言輕美。不得爲喪服。	從鄭
4	敝笱	刺文姜也。魯桓公微弱，不能防閑文姜，使至淫亂。（省一句）	其詩曰：敝笱在梁，其魚魴鰥。	毛謂鰥，大魚也。正義引孔叢子鰥魚之大盈車。	鄭改鰥爲鯤，以爲魚子。	當從毛。詩人本意以魯桓弱不能制強，宜以大魚爲比。	從毛
5	載驅	齊人刺襄公也。盛其車服與文姜淫，播其惡於萬民。（	其詩曰：四驪濟濟，垂轡濔濔。魯道	毛云言文姜於是樂易然者謂文姜爲淫穢之行，曾不畏忌人，而襄公乘驪垂	鄭改豈字爲闓，轉引古文尚書，以弟爲圛而訓爲明，以闓明猶發夕也。	當從毛，其義甚明，鄭甚迂疎。	從毛解豈弟爲樂易

		省二句）	有蕩，齊子豈弟。	轡而行魯道，文姜安然樂易，無慚耻之色也。			。
6	園有桃	刺時也。大夫憂其君儉嗇不能用其民也。（省一句）	其詩曰：園有桃，其實之殽。	毛謂園有桃，其實之食，國有民得其力。	鄭謂魏君薄公稅省國用，不取於民，食園桃而已。考詩本意刺魏君儉嗇不能用其民，非謂其不取於民，但食桃也。	當從毛。	僅云詩人憂其國小無政
7	椒聊	刺晉昭公也。君子見沃之盛强，知其蕃衍盛大，子孫將有晉國焉。（省一句）	其詩曰：椒聊之實，蕃衍盈升。彼其之子，碩大無朋。	毛謂：朋，比也。比者以類相附之謂。無朋，謂桓叔盛大無與爲比。	鄭謂：平均無朋黨。詩人但憂桓叔盛大，將奪晉國，本不美其爲政平均也。	當從毛。	從毛
8	綢繆	刺晉亂也。國亂則婚姻不得	其詩曰：綢繆束薪	毛謂三星，參星。男女待禮而成，若	鄭謂三星，心星。二月之合宿，故嫁	當從鄭。束薪於野	從鄭三星

		其時。（序全文）	，三星在天。	薪芻待人事而後束，於義不類。	娶者以爲候。今我束薪於野，乃見在天，則四月之中，故不得其時。	而見天星，義簡而直。	心也。
9	蜉蝣	刺奢也。昭公國小而迫，好奢而任小人也。（省二句）	其詩曰：蜉蝣之羽，衣裳楚楚。	毛謂渠略（蜉蝣）猶有羽翼以自修飾，則是昭公不能修飾，衣服不如渠略，與詩義正相反。	鄭謂不知君臣死亡無日如渠略者是也。蓋昭公但好奢侈而整飾其衣服楚楚然。	當從鄭。	從鄭，但刺君未有考。
10	下泉	思治也。曹人疾共公侵刻下民也。（省二句）	其詩曰：冽彼下泉，浸彼苞稂。	毛謂稂，童粱，非漑草，得水而病。	鄭謂稂當作涼，涼草，蕭蓍之屬。	當從毛。童粱義自通，無煩改字。	從毛
11	楚茨	刺幽王也。（錄序首句，省六句）	其詩曰：或肆或將。	毛謂肆者陳于牙，將者齊于肉。	鄭謂或肆其骨體于俎，或奉持而進之。	當從鄭。	從鄭
12	玄鳥	祀高宗也。（序首句，亦全文	其詩曰：天命玄鳥	毛謂：春分玄鳥降，有戎氏女簡狄配	鄭謂：吞鳦卵而生契者，怪妄之說也	當從毛。鄭博不知	從鄭

		）	，降而生商。	高辛氏帝。帝率與之祈於郊禖而生契。以今人情物理推之，事不爲怪，宜其有之。	。秦漢之間學者喜爲異說。高辛四妃，其三皆以神異而生子。蓋堯、契、稷。學者欲神其事，帝摯無所稱，故獨無說。	統，特喜讖緯，故尤篤信怪說。

今觀前表，十二篇中歐公從毛而棄鄭者共七篇，棄毛而從鄭者只五篇。可見歐公還是取毛多而取鄭少。其中鄭箋改字解經者綠衣、下泉兩篇及鄭箋兼採讖緯者玄鳥一篇，是歐公最反對的，尤堪注意。當然，毛詩多假借字，我們若能有證地指出未假借前的原意，通順地來解經，本來是最正確的途徑，但若隨便改字解經，就該遭指責了。

朱傳對這十二篇的從毛從鄭，差不多都依歐公而決定。只有最後玄鳥一篇，却與歐公取不同的態度，他沒有反對鄭箋中的讖緯成分，所以不依歐公的從毛傳而改從鄭箋了。我們可以說，以讖緯說經，原是染上陰陽家色彩的齊詩特色。鄭玄採來箋毛詩已是有所抉擇的，而像有娀氏女簡狄吞燕卵而生契的神話，本來是古傳說的遺留，正是我們研究古代社會的原始資料，但歐公站在儒家不言怪力亂神的立場，來排斥玄鳥這篇的鄭義，實在是比朱子更爲澈底的。

我們可以說，朱子勇猛，能自成一家之學，說詩多創新；歐公舒緩，僅小心辨前人之失，故成就不大。例如作詩時代，有據方爲重定其世次，朱子步其後塵，則凡無據均否定其世次，遂青出於藍。但朱子棄序，却處處暗襲序，有色厲內荏之嫌。歐公表面尊序，其議序的內力却甚猛。激進的朱子對周召二南，因其爲正風，比較是採取妥協的態度。對生民、玄鳥兩篇的神話，也予以容忍；而溫和的歐公，却反能理智地採取積極的態度予以檢討！

最後，我要一提的是：一義解有客篇「有客有客，亦白其馬」，毛鄭解「亦」字爲「又」，歐公非之，曰：「謂周人與武庚乘白馬，而微子亦乘白馬也。今考詩之文不然。詩言『亦』者多矣，若抑曰『哲人之愚，亦惟斯戾』者，似因上文先述庶人之愚。然庶人之愚自云『亦職惟疾』則又無所因。以此知其不然也。卷阿曰『鳳凰于飛，亦集爰止』鄭以爲『亦』衆鳥，其義不通，已見別論。至于下章又云『亦傅于天』則鄭更無所說，菀柳曰『有鳥高飛，亦傅于天』，鄭亦無所說。蓋其義不通，不能爲說也。至於『人亦有言』『亦孔之哀』『民亦勞止』之類甚多，皆非有所亦。蓋『亦』者，詩人之語助爾。然則『亦白其馬』者，直謂有客乘白馬爾。」這比王引之經傳釋詞之解語助詞還要考證得詳密，我們不能不說，用歸納法考證出詩經語助詞的無義訓者，實以歐公爲第一人也。

查經傳釋詞第三，有「亦」詞釋，其釋詩經中「亦」字僅六句，不若前舉歐公九句之多。玆略去他經之句，專錄其釋有關詩經六句者於下：

亦，承上之詞，常語也。有不承上文而但爲語助者，若詩草蟲曰：「亦既見止」是也。其在句中語助者，若詩文王曰：「凡周之士，不顯亦世」、思齊曰：「不顯亦臨，無射亦保」，又曰：「不聞亦式，不諫亦入」是也。

考王氏之所以僅舉六句者，蓋歐公已舉者，不再舉也。試觀歐公九句中，其「亦」爲句首語助者凡七，句中語助之第二字者凡二（人亦有言，民亦勞止），於是王氏句首語助僅舉「亦既見止」一句，而句中語助，亦僅「亦」之在第三字者五句，可知僅在補充歐公所舉之不足耳，故不重舉歐公已舉者也。

歐公所舉九句，僅亦字語助八例耳，其中「亦傅于天」既舉卷阿之句，又舉菀柳之句，實屬一例。而「人亦有言」、「亦孔之哀」、「民亦勞止」三例，人亦句在詩中凡五見（蕩、抑、桑柔，各一見，烝民篇凡二見）亦孔句凡二見（十月、小旻各一見），民亦句凡五見（民勞五章各一見），故歐公不舉篇名，僅曰「甚多」。「亦傅于天」一例，既舉卷阿，又舉菀柳者，以其兩見之亦均爲語助。「亦集爰止」一例，實亦兩見，而歐公只舉卷阿，不舉采芑者，以采芑五章之「亦集爰止」，亦字乃承上之詞耳。朱子集傳雖簡略，對歐公八例，僅有客篇釋「亦白其馬」特標「亦，語辭也」，其他七例之十八見，均未特標「亦」爲語辭，但不釋爲「又」之意，例如烝民五章釋「人亦有言」句爲「世俗之言也」意卽「世俗之人有言也」。釋卷阿「鳳凰于飛，翽翽其羽，亦集爰止」三句爲「鳳凰于飛，則翽翽其羽，而集於其所止矣。」前例亦字無義，後例亦字以「而」字代之，均無「又」字之意。而朱傳之釋采芑三章「鴥彼飛隼，其飛戾天，亦集爰止」則爲「言隼飛戾天，而亦集于所止。」將亦作爲「又」義的常語來講了。其他王氏所擧六例，朱傳與毛鄭同，均作常語之「又」字解。是以朱傳的確完全接受了歐公亦字語助的考證，而王引之也僅就朱傳中「亦」字仍作「又」義的常語解的經文中，擧其應作語助解的六例來作歐公的補充而已。

歐公一義解有客篇「亦」字的考證，朱子僅受其影響應用于集傳之中，而王氏則又有補充性的發展。但吳昌瑩經詞衍釋，以爲「不顯亦世」「不聞亦式，不諫亦入」不皆語助。那末，王氏的考證，或且不如歐公的精密了。

六、二論三問的質疑與從闕

詩本義第一卷至十三卷，爲就三〇五篇中之一四六篇以論毛鄭之得失者，第十四卷的二論三問，是歐公對以毛鄭爲主的詩經舊說，就詩經的本末、時世、詩序、豳風以及魯頌，有所質疑而提出的問題。他自信他的見解很確切，「得與毛鄭並立於世，以待夫明者」決擇的，列在最前，那就是「時世論」；而他認爲說詩應先認識的基本問題「本末論」，則列第二，是爲二論。其餘豳風問題、魯頌問題，他認爲鄭氏之說，是難以立足的。但豳分風雅頌說，鄭氏所據的周禮，歐公可以不信，而魯頌所表現的與春秋不符，是春秋的疎繆，抑是魯頌的妄作，他不敢定奪，只有從闕，懸而不決，以俟知者。而詩序問題，則歐公不信詩序係子夏所作，至於詩序有失，前已論之，所以作豳問、魯問、序問三問，依次列於二論之後。

二論三問中，以基本問題的本末論最爲重要。朱子讚美說：「歐陽公有本末論，論何者爲詩之本，何者爲詩之末。詩之本不可不理會，詩之末不理會得也無妨。其論甚好。」茲概述歐公本末篇於下：

「吾之於詩，有幸有不幸也。不幸者，遠出聖人之後，不得質吾疑也；幸者，詩之本義在爾。詩之作也，觸事感物，文之以言，善者美之，惡者刺之，以發其揄揚怨憤於口，道其哀樂喜怒於心，此詩人之意也。

「古者，國有采詩之官，得而錄之，以屬太師，播之於樂，於是考其義類而別之，以爲風雅而次比之，以藏于有司，而用之宗廟、朝庭，下至鄉人聚會，此太師之職也。

「世久而失其傳，亂其雅頌，亡其次序，又採者積多而無所擇，孔子生於周末，方修禮樂之壞，於是正其雅頌，刪其煩重，列於六經，著其善惡，以爲勸戒，此聖人之志也。

「周道旣衰，學校廢而異端起，及漢承秦焚書之後，諸儒講說者整齊殘缺，以爲義訓，耻於不知，而人人各自爲說，至或遷就其事，以曲成其己學，其於聖人，有得有失，此經師之業也。

「惟是詩人之意也，太師之職也，聖人之志也，經師之業也，今之學詩者，不出於此四者，而罕有得焉者，何哉？勞其心而不知其要，逐其末而忘其本也。

「何謂本末？作此詩，述此事，善則美，惡則刺，所謂詩人之意者，本也；正其名，別其類，或繫於彼，或繫於此，所謂太師之職者，末也。察其美刺，知其善惡，以爲勸戒，所謂聖人之志者，本也。求詩人之意，達聖人之志者，經師之本也。講太師之職，因其失傳而妄自爲之說者，經師之末也。

「今夫學者，得其本而通其末，斯盡善矣。得其本而不通其末，闕其所疑可也。雖其本有所不能達者，猶將闕之，況其末乎？

「所謂周、召、邶、鄘、唐、豳之風，是何疑也？考之諸儒之說，既不能通，欲從聖人而質焉，又不得，然皆其末也。若詩之所載事之善惡，言之美刺，所謂詩人之意，幸其具在也。然頗為衆說汨之，使其義不明。今去其汨亂之說，則本義粲然而出矣。

「今夫學者，知前事之善惡，知詩人之美刺，知聖人之勸戒，是謂知學之本，而得其要；其學足矣，又何求焉？其末之可疑者，闕其不知可也。

「蓋詩人之作詩也，固不謀於太師矣。今夫學詩者，求詩人之意而已，太師之職，有所不知，何害乎學詩也？若聖人之勸戒者，詩人之美刺是已。知詩人之意，則得聖人之志矣。」

自質疑以至從闕，首尾完整，本末嚴明，其議論，何等精闢？其提示，何等扼要？這說明了歐公為什麼要撰寫詩本義，也指出了學詩的要領。朱子當時就採取了歐公的路線，我們今天研讀詩經，這方針還是相當有用的。

茲為便於觀覽，製成學詩本末表附於下：

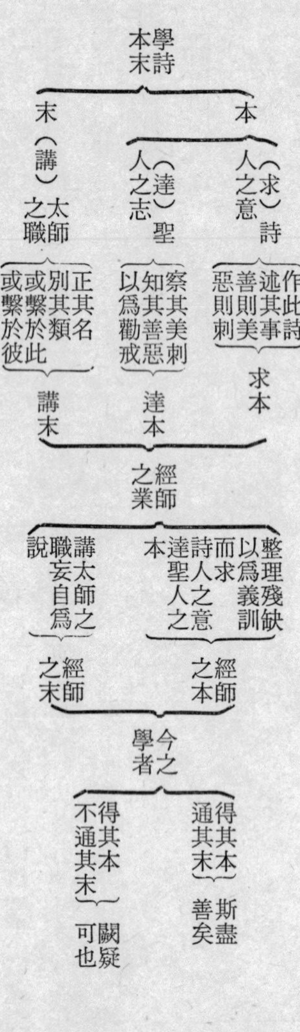

時世論對鄭玄所定作詩時世自相牴牾，提出質疑，於是申述歐公自己的見解，與毛鄭之說並立，以待明者決擇。他說：

「鄭氏譜周南召南，言文王受命作邑於豐，乃分岐邦周召之邑以為周公旦、召公奭之采地，使施先公太王王季之教於已所職六州之國。其民被二公之德教尤純，至武王滅紂，巡守天下，陳其詩以屬太師，分而國之。其得聖人之化者，繫之周公，謂之周南；其得賢人之化者繫之召公，謂之召南。

「今考之於詩，義皆不合，而為其說者，又自相牴牾。所謂被二公之德教者，是周公旦召公奭所施太王王季之德教爾，今周召之詩二十五篇，關雎、葛覃、卷耳、樛木、螽斯、桃夭、兎罝、芣苢，皆后妃之事；鵲巢、采蘩、小星，皆夫人之事。夫人乃大姒也。麟趾、騶虞，皆后妃夫人德化之應；草蟲、采蘋、殷其雷，皆大夫妻之事；漢廣、汝墳、羔羊、摽有梅、江有汜、野有死麕，皆言文王之化。蓋此二十二篇之詩，皆述文王太姒之事，其餘三篇，甘棠、行露，言召伯聽訟；何彼襛矣，乃武王時詩，烏有所謂二公所施先公之德教哉？此以譜考詩義不能合者也。

「譜言：『得聖人之化者，謂周公也；得賢人之化者，謂召公也。』謂旦奭共行先公之德教，而其所施自有優劣；故以聖賢別之爾。今詩所述既非先公之德教，而二南皆是文王大姒之事，無所優劣，不可分聖賢。所謂文王大姒之事者，其德教自家刑國，皆夫婦身自行之，以化其下，久而變紂之惡俗，成周之王道，而著於歌頌爾。蓋譜謂先公之德教者，周召二公未嘗有所施；而二南所載文王大姒之化，二公又不得而與，然則鄭譜之說，左右皆不能合也。

「後之爲鄭學者，又謂譜言聖人之化者爲文王，賢人之化者，爲大王王季；然譜本謂二公行先公之教，初不及文王，則爲鄭學者，又自相牴牾矣。

「今詩之序曰：『關雎麟趾之化，王者之風，故繫之周公；鵲巢、騶虞之德，諸侯之風，故繫之召公。』至於關雎、鵲巢所述，一大姒爾，何以爲后妃？何以爲夫人？二南之事，一文王爾，何以爲王者？何以爲諸侯？則序皆不通也。又不言詩作之時世。

「蓋自孔子歿，群弟子散亡，而六經多失其旨，詩以諷誦相傳，五方異俗、物名、字訓，往往不同，故於六經之失，詩尤甚。詩三百餘篇，作非一人，所作非一國，先後非一時，而世久失傳，故於詩之失，時世尤甚。周之德，盛於文武。其詩爲風、爲雅、爲頌。風有周南、召南，雅有大雅、小雅。其義類非一，或當時所作，或後世所述，故於詩時世之失，周詩尤甚，自秦漢以來，學者之說不同多矣。不獨鄭氏之失也。」

以上論舊時定作詩時世的矛盾與零亂。並提及二南的序皆不通。以下申述歐公自己的見解可簡列成五條：

(1)關雎爲康王政衰之詩——採齊魯韓三家詩說。以孔子曰：「哀而不傷」，太史公曰：「周道缺，詩人本之衽席，關雎作」爲證。

(2)小雅鹿鳴亦周衰之作——採季札之說，並以司馬遷語證成之，吳季子至魯觀周樂，爲歌小雅，季子曰：「思而不貳，怨而不言，其周德之衰乎？猶有先王之遺民焉。」太史公曰：「仁義陵遲，鹿鳴刺焉。」

(3)周頌昊天有成命爲康王以後詩——理由是詩中「二后受之，成王不敢康」。所謂二后者，文武也；成王者，成王也。詩稱成王，當是康王已後之詩，毛鄭以頌皆成王時作，遂以成王爲成此王功不敢康。

(4)周頌執競爲昭王以後之詩——理由是詩中「執競武王，無競維烈。不顯成康，上帝是皇。自彼成康，奄有四方。」所謂成康者，成王康王也。猶文王武王謂之文武爾，當是昭王已後之詩。毛以爲「成大功而安之」，鄭以爲「成安祖考之道」，皆以爲武王也。據詩之文，但云成康爾，而毛鄭自出其意，各以增就其己說，而意又不同。使後世何所適從？

(5)周頌噫嘻亦康王以後之詩——理由是詩中「噫嘻成王」者，亦成王也。而毛鄭亦皆以爲武王，由信其已說以頌皆成王時作也。

後三條，歐公之說簡且直，毛鄭之說迂而曲，文義亦不完而難通。故朱子詩集傳於歐公之說皆採用之，我在前文已提到。前二條則朱子未採歐說，蓋關雎鹿鳴皆四始之一，應是周公制禮作樂時所定，當時卽已應用者也。

三問均採問答體，豳問爲歐公對於鄭玄將七月詩八章分成爲風雅頌三體，加以質疑。他說：

「或問七月豳風也，而鄭氏分爲雅頌。其詩八章，以其一章、二章爲風，三章、四章、五章、六章之半爲雅，又以六章之半、七章、八章爲頌。一篇之詩，別爲三體；而一章之言，半爲雅而半爲頌。詩之義果若是乎？

「應之曰：七月周公之作也。其言豳土寒暑、氣節、農桑之候，勤生樂事、男女耕織衣食之本，以見大王居豳興起王業艱難之事。此詩之本義，毛鄭得之矣。其爲風，爲雅，爲頌，吾所不知也。所謂七月之本義幸在者，吾既得之矣，其末有所難知者，闕之可也。

「雖然，吾知鄭氏之說，自相牴牾者矣。今詩之經，毛鄭所學之經也。經以爲風，而鄭氏以爲雅頌，豈不戾哉？

「夫一國之事謂之風，天下之政謂之雅，以其成功告於神明謂之頌，此毛鄭之說也。然則風，諸侯之事；雅，天子之事也。今所謂七月者，謂之風可矣。謂之雅頌，則非天子之事，又非告功於神明者，此又其戾者也。

「風雅頌之爲名，未必然。然於其所自爲說，有不能通也。

「問者又曰：鄭氏所以分爲雅頌者，豈非以周禮篇章之職，有吹豳詩雅頌之說乎？

「應之曰：今之人所謂周禮者，不完之書也。其禮樂制度，蓋有周之大法焉。至其考之於事，則繁雜而難行者多。故自漢興，六經復出，而周禮獨不爲諸儒所取。至或以爲黷亂不驗之書，獨鄭氏尤推重之。宜其分豳之風爲雅頌，以合其事也。」

以上歐公說明鄭玄乃採不完整之書周官的籥章以說詩，無怪其矛盾百出，是以朱子詩集傳亦不錄鄭氏七月八章爲三體之說，而僅於篇末註明周禮籥豳詩，即指此詩之語，以備一說。

最後有人問他：齊魯韓三家詩皆無七月篇，那末，周禮所謂豳雅、豳頌者，應該不是七月，而另有其詩，現在已經亡佚了嗎？歐公答以那只是推測所得，他是不敢肯定的。

魯問爲歐公對魯頌盛稱魯僖公的武功提出質疑。他說：

「或問魯詩之頌僖公盛矣，信乎？其克淮夷、伐戎狄、服荆舒、荒徐宅，至於海邦蠻貊，莫不從命，何其盛也？

「泮水曰：『既作泮宮，淮夷攸服。矯矯武臣，在泮獻馘。』又曰：『既克淮夷，孔淑不逆。』又曰：『憬彼淮夷，來獻其琛。』

「閟宮曰：『戎狄是膺，荆舒是懲。』又曰：『淮夷來同，魯侯之功。』又曰：『遂荒徐宅，至于海邦。淮夷蠻貊，及彼南夷，莫不率從。』

「其武功之盛，威德所加，如詩所陳，五霸不及也。然魯在春秋時常爲弱國，其與諸侯會盟征伐，見於春秋史記者，可數也，皆無詩人所頌之事。而淮夷戎狄荆舒徐之人，事見於春秋者，又皆與頌不合者，何也？

「按春秋僖公在位三十三年，其伐邾者四，敗莒滅項者各一，此魯國之用兵也。其四年伐楚侵陳，六年伐鄭，是時齊桓公方稱伯主兵，率諸侯之師，而魯亦與焉爾。二十八年圍許，是時晉文公方稱伯主兵，率諸侯而魯亦與焉爾。十五年楚伐徐，魯救徐而徐敗，十八年宋伐齊，魯救齊而齊敗。二十五年齊人侵伐魯鄙，魯乞師于楚，楚爲伐齊取穀，春秋所記僖公之兵，止於是矣。

「其自主兵所伐邾莒項皆小國，雖能滅項，反見執於齊；其所伐大國，皆齊晉主兵；其所救者，又力不能勝而輒敗。由是言之，魯非强國可知也。烏有詩人所頌威武之功乎？其所侵伐小國，春秋必書，烏有所謂克服淮夷之事乎？惟其十六年一會齊侯于淮爾。是會也，淮夷侵鄫，齊桓來會，謀救鄫爾。由是言之，淮夷未嘗服於魯也。

「其曰：『戎狄是膺，荆舒是懲』者，鄭氏以謂僖公與齊桓舉義兵北當戎與狄，南艾荆及群舒。按僖公卽位之元年，齊桓二十七年也。齊桓十七年伐山戎，遠在僖公未卽位之前。至僖公十年，齊侯許男伐北戎，魯又不與，鄭氏之說既繆，而詩所謂『戎狄是膺』者，孟子又曰：周公方且膺之。如孟子之說，豈僖公事也？僖公之元年，楚成王之十三年也。是時楚方强盛，非魯所能制。僖之四年，從齊桓伐楚，而齊以楚强不敢速進，乃次于陘而楚遂與盟于召陵。此豈魯僖得以爲功哉？六年楚伐許，又從齊桓救許，而力不能勝，許男卒面縛銜璧降于楚。十五年楚伐徐，又從齊桓救徐，而又力不能勝，楚卒敗徐取其婁林之邑。舒在僖公之世，未嘗與魯通，惟三年徐人取舒一見爾。蓋舒爲徐取之矣。然則鄭氏謂僖公與齊桓南艾荆及群舒者，亦繆矣。

「由是言之，詩所謂：『戎狄是膺，荆舒是懲』者，皆與春秋不合矣。楚之伐徐取婁林，齊人徐人伐楚英氏以報之，蓋徐人之有楚伐也，不求助於魯而求助於齊以報之。以此見徐非魯之與國也。則所謂『遂荒徐宅』者，亦不合於春秋矣。

「詩，孔子所刪正也；春秋，孔子所修也。詩之言不妄，則春秋疎繆矣；春秋可信，則詩妄作也。其將奈之何？應之曰：吾固已言之矣，雖其本有所不能達者，猶將闕之是也。惟闕其不知以俟焉可也。」

這種考證，眞精密而周詳，又出之以古文筆法，令人讀之，如哀梨之爽口，不覺其爲冗長之考證，清代考證家豈能及之？只有崔東壁既考證，又讀古文三年，然後捉筆完成之，他的文字，差可比擬。而歐公對問題的解決，又是以質疑始，而以從闕終。本來，歐公本末論，學詩之要，在於達本，今本不能達，亦竟從闕以俟，其態度的謙和，有足多者。我們相信孔子未刪詩，僅就原有的三百篇整理了一下，所以泮水閟宮，作詩之人，雖誇大僖公的武功，孔子亦仍其舊地保留下來。朱子詩集傳，對閟宮的誇大，仍採鄭玄之說：「僖公嘗從齊桓公伐楚，故以此美之。」蓋詩人非但誇大了魯僖公之功，實在連齊桓公也未建此大功，這詩的作者，眞是搭着一點邊兒，就大吹特吹了。

序問爲歐公對詩序提出的質疑。前面歐公議序之話，隨時提出，已說了很多，這裏再作爲一個專題來討論一番。他說：

「或問詩之序，卜商作乎？衞宏作乎？非二人之作，則作者誰乎？

「應之曰：書、春秋皆有序而著其名氏，故可知其作者；詩之序不著其名氏，安得而知之乎？雖然，非子夏之作，則可以知也。

「曰：何以知之？

「應之曰：子夏親受學於孔子，宜其得詩之大旨，其言風雅有變正，而論關雎、鵲巢繫之周公召公，使子夏而序詩，不爲此言也。

「自聖人沒，六經多失其傳。一經之學，分爲數家，不勝其異說也。當漢之初，詩之說分爲齊魯韓三家，晚而毛氏之詩始出。久之，三家之學皆廢，而毛詩獨行，以至於今不絕。今齊魯韓之學沒不復見，而韓詩遺說，往往見於他書。至其經文亦不同，如『逶迤』『郁夷』之類是也。然不見其終始，亦莫知其是非。自漢以來學者多矣，其卒捨三家而從毛公者，蓋以其源流所自，得聖人之旨多歟？今考毛詩諸序與孟子說詩多合，故吾於詩常以序爲證也。至其時有小失，隨而正之，惟周南召南，失者類多，吾固已論之矣。學者可以察焉。」

這裏，除以詩序言風雅有正變，論關雎鵲巢繫之周公召公，因此不信其爲子夏所作外，大體上，他還是尊詩序的。因爲毛詩序多與孟子說詩合，所以他還曾據序以論毛鄭之失。因爲許多篇的小序，可以爲他的詩本義作佐證也。但歐公的議序之失，實已不少，其取序以爲證者，也往往僅取其首句，甚至連首句都要删去數字，像板序錄首句删「凡伯」兩字，閟宮序錄首句且删去「能復周公之宇」六字，這就難怪蘇轍效之而僅錄小序首句了。又，他在一一四篇的詩本義中，指出序文之失者，已多達十多篇，並一再說序於二南之失尤多。而且在時世論中，竟謂二南之事，序皆不通。這又難怪鄭樵、朱熹要全廢小序了。所以我要說歐公尊序，而蘇氏删小序首句以下，鄭、朱全廢小序，不但是受到歐公對毛鄭立異的間接影響，實在是受歐公删序與議序不通的直接影響的。

七、棄而不用的統解九篇

詩本義卷十五載(1)二南爲正風解，(2)周召分聖賢解，(3)王國風解，(4)十五國次解，(5)定風雅頌解，(6)十月之交解，(7)魯頌解，(8)商頌解等詩解八篇，冠以詩解統序一篇，共爲九篇。紀昀四庫提要稱「統解十篇」者，因詩解統序中自云「統要十篇」也。或謂係將卷十三之一義解併入而計算，則分類不當矣。蓋一義解內容非統解，乃二十篇之分篇解也。所以這裏仍以卷十五的統解九篇作一單位來研究。

前面在談卷帙與版本時曾討論過，歐公詩本義，原爲十四卷，其後蜀本多一卷，遂爲十五卷，其卷十五即此統解九篇。詩本義獨立印行，不載於文忠公居士集。而居士外集第十卷經旨，亦因江、浙、閩諸本詩本義均無此九篇，而取蜀本所多者附入。後人推測，這統解九篇，或係歐公早年所撰，其後棄而不用者，所以本來是既不入詩本義，亦不入文忠公全集者。其後珍惜歐公文字者得之，將之編爲詩本義第十五卷。而編居士外集者，又附入第十卷經旨中，反成兩見之作。今讀詩解統序結尾又有云：「予欲志鄭學之妄益，毛氏疎略而不至者，合之於經，故先明其統要十篇，庶不爲之蕪泥云爾。」既曰：「先明其統要」，則爲撰於卷一至卷十三分篇論辨一四六篇之前也。而此九篇之中又有與詩本義前十四卷重複者，亦有立論與前十四卷矛盾者，則其爲早年所撰棄而不用可信也。

茲將考察所得申述於下。

(1) 十月之交解問題的重複

卷十五統解九篇，均非解一篇義，此十月之交解，實亦十月之交、雨無正、小旻、小宛四篇之統解。蓋此詩序及毛傳以爲刺幽王之四篇，鄭箋均改定爲刺厲王者，歐公非之，故作統解以辨之。但卷一至卷十二之一一四篇本義，本爲一文解一詩者，間有一文解二詩者：卷四有女同車、山有扶蘇，卷十二思文、臣工是也。惟亦有一文解四詩者，則卷七十月、雨無正、小旻、小宛四篇合解是也。四詩一文合解，此爲特例。蓋所以代統解八篇之十月之交解也。故其撰寫目的相同，其問題爲重複。但卷十五統解一文，文字甚短，不滿一頁，而卷七本義之一文，文字甚長，長及五倍。其辨鄭氏之失，羅列極細，議論亦精密。以此觀之，其爲重寫以代統解一文者可知。且此書體例，凡前後論點有相同者，歐公必於文中標明之。例如卷十四序問結尾云：「毛詩諸序與孟子說詩多合，故吾於詩常以序爲證也。至其時有小失，隨而正之。惟周南召南，失者類多，吾固已論之矣，學者可以察焉。」這就表明卷一麟之趾篇已有「論曰：孟子去詩世近而最善言詩，推其所說詩義與今序意多同，故後儒異說爲詩害者，常賴序文以爲證。然至於二南，其序多失，而麟趾、騶虞，所失尤甚，特不可以爲信……」。麟趾篇不提他處已論及，而序問篇云：「吾固已論之矣」，則可知先撰麟趾，而後寫序問也。今卷七與統解同論十月之交四篇，而兩無「已論」字樣，則卷七之文，不但是其後重寫，且以代早寫之經解一文，而將早寫者棄置不用矣。故統解九篇，歐公當時，既不輯入詩本義，亦不輯入居士集也。

⑵ 二南爲正風解與關雎篇及時世論立論的矛盾

統解九篇的二南爲正風解有云：「天下雖惡紂而主文王，然文王不得全有天下，而亦曰服事於紂焉。則二南之詩，作於事紂之時，號令征伐不止於受命之後爾。豈所謂周室衰而關雎始作乎？史氏之失也。」這裏說二南作於文王時，史記所謂周室衰而關雎始作，是司馬遷的失誤。

但在卷一至卷十二的一一四篇分篇解的關雎篇中却主張：「關雎，周衰之作也。太史公曰：『周道缺而關雎作』，蓋思古以刺今之詩也。」在卷十四的時世論中，更詳論之曰：「昔孔子嘗言關雎矣，曰：『哀而不傷』。太史公又曰：『周道缺，詩人本之衽席關雎作』。而齊魯韓三家皆以爲康王政衰之詩，皆與鄭氏之說，其意不類，蓋常以哀傷爲言。由是言之，謂關雎爲周衰之作者近是矣！……夫王者之興，豈專由女德？惟其後世因婦人以致衰亂，則宜思其初，有婦德之助以興爾。因其所以衰，思其所以興，此關雎之所作也。其思彼之辭甚美，則哀此之意亦深。其言緩，其意遠。孔子曰：『哀而不傷』謂此也。司馬遷之於學也，雖博而無所擇，然其去周秦未遠，其爲說，必有老師宿儒之所傳。其曰：『周道缺而關雎作』，不知自何而得此言也，吾有取焉。」這持論的前後矛盾，判若兩人。一主二南作於文王時，一主二南首篇關雎作於周衰的康王時。尤其對司馬遷的態度，大爲改變，一則曰：「史氏之失也」，一則曰：「司馬遷去周秦未遠，其爲說，必有老師宿儒之所傳，吾有取焉」。統解二南既說是司馬遷之失，而到分篇解關雎時，又採取司馬遷的話而肯定之。最後總論時世時，更請出孔子來助陣，以證成史氏之說。三文中，用大力來寫的時世論，應該是最後的代表作。這更可斷定統解九篇確爲歐公棄而不用的早年之作。

(3) 十五國次解與詩譜補亡後序持論態度的改變

統解九篇，不但與本義十四卷的立論矛盾，卽與附錄的詩譜補亡後序持論也未能一致。

查統解九篇，文字均甚短，每篇都不滿五百字。通志堂經解本每頁二十二行，每行二十字，全頁計四百四十字。九篇中除十五國次解外，每篇都排不滿一頁，就是說，不到四百四十字。最短的商頌解，更只有二百十九字，所以議論都很簡略。就像魯頌解，是討論魯頌問題的，也只短短的三百四十五字，內容簡略，只說魯頌非頌體，實乃變風之例。聖人所以列爲頌者，其說有二：一爲貶魯之彊，一爲勸諸侯之不及。而鄭氏謂之備三頌，所謂憫周之失，貶魯之彊是矣。與十四卷三問之一的魯問，同樣是討論魯頌問題，全文超過二頁，長達九百十四字，而內容精彩絕倫（前已介紹），不可同日而語。而九篇中最長超過一頁長達四百八十二字的十五國次解，就花招很多。茲照錄其前半段於下：

> 國風之號，起周終豳，皆有所次，聖人豈徒云哉！而明詩者多泥於疏說而不通，或者又以爲聖人之意不在於先後之次，是皆不足爲訓法者。大抵國風之次，以兩而合之，分其次以爲比，則賢善者著而醜惡者明矣。或曰何如其謂之比乎？曰：周召以淺深比也，衞王以世爵比也，鄭齊以族氏比也，魏唐以土地比也，秦陳以祖裔比也，檜曹以美惡比也，豳能終之以正，故居末焉。淺深云者，周得之深，故先於召。世爵（四部本作得失，誤）云者，衞爲紂都而紂不能有之，周幽東遷，無異是也。加衞於先，明幽紂之惡同而不得近於正焉。姓族云者，周法尊其同姓而異姓者爲後，鄭先於齊，其理然也。土地云者，魏本舜地，唐爲堯封，以舜先堯，明晉之亂非魏褊儉之等也。祖裔云者，陳不能興舜，而襄公能大於秦，子孫之功陳不如矣。（言按：各本及居士外集十卷詩解均漏「曹檜以美惡比」之說明。）

這樣的論十五國風編次，使人看了眼花撩亂，但總覺不免牽强附會。所以歐公在晚年寫詩譜補亡後序中觸及這問題時，持論態度有了改變，變得十分謙虛謹愼了，他只說了一句話：

> 其正變之風十有四國，而其次比莫詳其義。

所以朱子也跟着審愼地說：「十五國風次序，恐未必有意，而先儒及近世諸先生皆言之，故集傳中不敢提起，蓋詭隨非所定，而辨論非所敢也。」（文集卷三十九答范伯棠）

考鄭譜殘卷，據歐公補亡後序云：「慶曆四年奉使河東，至于絳州，偶得焉。」按宋仁宗慶曆四年卽西元一〇四四年，時歐公三十八歲，而其撰補亡後序，則甚晚，據年譜載，歐公生於眞宗景德四年卽西元一〇〇七年，詩本義作於仁宗嘉祐四年，卽西元一〇五九年，時五十三歲，而補亡後序則作於神宗熙寧三年，卽西元一〇七〇年，時年六十四歲，再過兩年，到六十六歲時便逝世了。詩解統序等九篇年代，則年譜未載。今證以以上所論各點，則詩解統序等九篇，最晚當作於五十三歲撰詩本義之前，而可能早在三十八歲得鄭譜殘卷前，因詩解統序等九篇中，未提及鄭譜次第也。

至於詩解統序等九篇爲歐公晚年棄置不用者，亦頗明顯，蓋歐公晚年，於舊作多所改定。宋人軼事彙編引宴簡記載歐公生平故事一則云：

歐公晚年嘗自竄平生所爲文，用思甚苦。其夫人止之曰：「何自苦如此？尙畏先生嗔耶？」公笑曰：「不畏先生嗔，却怕後生笑。」

蓋歐公晚年益謹嚴，重新審定其著作，或改或棄，編訂成集。此詩解統序等九篇，既不留於詩本義十四卷中，又不入於居士集五十卷中，已被棄而不用矣。今考察其內容，簡略而不精，又復與詩本義前十四卷或重複，或矛盾，與詩譜補亡後序所持態度亦不一致，則其爲早年所作，晚年棄而不用者無疑了。

八、鄭氏詩譜補亡的研究

最後要研究的是作爲詩本義附錄的鄭氏詩譜補亡一卷。

鄭氏詩譜補亡，是歐公惟一澈底尊敬毛鄭的著作。包括：(1)詩圖總序(2)補亡鄭譜(3)詩譜補亡後序。其中第三部分詩譜補亡後序，亦見於歐公自編的居士集第四十一卷爲序七首之一。第一、二部分，均不見其文集，大約是最初就作爲詩本義十四卷的附錄付印，所以表示其對毛鄭的尊敬的。今存版本中，以四部叢刊影印的南宋刊本爲最雜亂，非但將詩譜圖十五篇的總序，排在最末，而現存詩圖十二篇中詩篇篇名的脫漏與重複亦最多。而四庫全書文淵閣鈔本，故宮博物院圖書館又不外借，因此圖譜部分，我只將通志堂經解本作爲對象來加以考察。然後再將清儒吳騫的後訂一卷，丁晏的考正一卷，來予以比較。

考察的工作，我先就各圖的詩篇篇名考察，發現沒有重複，而脫漏却多，達十一篇，計爲：

(1)邶鄘衞圖中脫漏四篇——鄘風定之方中、干旄、衞風河廣、木瓜。（篇名雖無重出，而有不遵體例者：莊公時詩考槃上加衞字，其左碩人上不必加衞字而仍加衞字；惠公時詩牆茨上應加鄘字而誤加衞字，以致其左之偕老上又加鄘字；而鄘詩鶉奔之左的芄蘭係衞詩，應加衞字反未加。）

(2)魏風圖缺陟岵一篇。

(3)秦風圖缺車鄰、黃鳥兩篇。

(4)陳風圖缺墓門一篇。

(5)二雅圖缺三篇——小雅鹿鳴、魚麗、大雅皇矣。

而從詩篇篇名的考察，又證實了國風二雅的篇次，並不一定依時代先後排列。例如鄭風第五篇的清人，要改列爲最後一篇文公時詩，而褰裳一篇，前後均爲莊王之世的昭公時詩，却又要提前爲桓王之世的厲公時詩，大雅武王時詩文王、大明之後的緜、棫樸、旱麓、思齊以及靈臺等篇，也提前爲文王時詩了。

其次就各國的世次考察，這就極爲繁難。因爲像齊風圖夷王及共和、宣王之左既均列有武公，則厲王之左，不應空白，其爲脫漏武公無疑。但細加考訂，齊獻公於周厲王二十年弒胡公代立共九年，武公於厲王二十九年立，至宣王三年共二十六年。則圖中夷王之左的胡公、獻公、武公，均應移於厲王之左也。像檜鄭圖，則更繁難。考鄭國於宣王二十二年始封其庶弟友而立國，是謂鄭桓公，桓公於幽王十一年以幽王故，爲犬戎所殺。平王元年桓公子武公立，平王二十八年鄭莊公立，是以知檜鄭圖，鄭桓公列於共和與宣王之左，有誤，應改列於宣王與幽王之左。武公列幽王之左，莊公列幽、平之左，亦誤，應改武公爲平王之世，莊公爲平、桓之世。於是所列，武公莊公時詩亦將改移。又文公惠王五年立，共四十五年，至襄王二十四年卒，圖中漏襄王，應補列。於是鄭譜圖，細加考訂，就有極大的改動，這樣繁難，讓我整理起來，不一定有最好的成果，當然應利用前人研究的成果，讓我得事半功倍之便。

我整理出來的詩經學書目中，有關詩譜的書，清人胡元儀的毛詩譜一卷，他只列一總圖，也不提歐公詩譜補亡，主要是依據毛詩正義中有關鄭譜資料編輯而成。所以我把它和歐公的補亡詩譜同列爲鄭玄的著作。其餘尚有清人的著作四本，馬鐘山遺著的毛詩鄭譜疏證一卷，和江蘇存古堂重印不著撰者的詩譜講義一卷，我未能見其書。我所見只有丁晏的鄭氏詩譜考正一卷，和吳騫的詩譜補亡後訂一卷拾遺一卷。丁書找到兩種版本，其一爲皇清經解續編本，另一爲南河節署刊版，較皇清本多嘉慶庚辰（二十五）年丁晏自序一篇。吳書也有自序，但未署年月，吳氏爲乾隆時人，卒於嘉慶年間，則兩書約同時，吳書略早，而不相爲謀者。今將我參閱兩書對歐書之考證與訂補簡述之。

(1) 對於三百篇篇名脫漏部分，丁書於邶鄘衞譜圖後云：「檢譜中不列定之方中，應由刊本脫去，今補」；又魏譜圖後云：「脫陟岵」；秦譜圖後云：「脫車鄰、黃鳥」，及大小雅譜圖後云：「小雅脫鹿鳴、魚麗，大雅脫皇矣」。共計脫漏七篇，所脫鄘風干旄，衞風河廣、木瓜，陳風墓門，共四篇均補列而未提。吳書則十一篇均補而未提。

(2)對於三百篇世次歐圖脫誤的考訂，吳書於各譜考訂改正者均不加說明，惟俞思謙卷首題辭中有「侯人列襄世，國語說尤古」語，注云：「歐公以曹風候人以下三詩列于頃王之世。槎客（吳騫字）從馬氏繹史列于襄王之世，按襄王十四年，晉公子重耳在楚，楚成王引曹詩曰：『彼其之子，不遂其媾』事載國語，則此詩在襄王時無疑。（又見曹譜註）」又唐譜之註曰：「鳲羽舊列昭侯，今從范處義說繫小子侯。」及陳譜之註曰：「月出舊次宣公，今從范處義說，繫靈公。」三處則特加說明者。吳書襲歐圖以每一周王爲單位，丁書則改以每一國君爲單位，右列周王。故曹風曹共公右列惠、襄、頃三王，未明候人在三王中繫何王之世。陳譜月出仍歐公之舊，列於宣公之時，唐譜亦仍列昭侯，未改列小子侯。

丁書則圖後常有案語，於檜鄭圖後云：「案歐譜桓公繫於共和甚誤。宣王二十二年初封桓公，遠在共和之後，文公惠王五年立，襄王二十四年卒，補亡下訖惠王，亦非，今正之。於魏譜云：「案歐譜統叙爲一君違失鄭旨。」因分繫葛屨、汾沮洳、園有桃、陟岵、十畝之間五篇於平王之世，繫伐檀、碩鼠二篇於桓王之世，唐譜則删無詩之靖侯。陳譜云：「史記幽公立當厲王二十五年，共和尚未秉政，歐譜起自共和，非也。靈公定王八年爲夏徵舒所弑，補亡訖於頃王，亦非也，今正之。」至於丁、吳二書未經以註文或案語說明而訂正者亦甚多，今不一一羅列，以免繁瑣。

歐公詩譜但十二圖，缺三頌，丁、吳二書均爲之訂補。茲據丁、吳二書，並參以胡譜，綜合十五圖爲一表，以代考訂鄭玄詩譜所得三百篇世次成果。而便觀覽。

鄭玄詩譜所列三百篇世次一覽表

時世（合西元前）	十五國風一六〇篇（周召二五、邶鄘衞三九、檜鄭二五、齊一一、魏七、唐一二、秦一〇、陳一〇、曹四、豳七、王一〇）	二雅一一一篇（小雅八〇，大雅三一）	三頌四〇篇（周頌三一、商頌五、魯頌四）	備註 歐補鄭譜次序爲(1)周召(2)邶鄘衞(3)檜鄭(4)齊(5)魏(6)唐(7)秦(8)陳(9)曹(10)豳(11)王(12)二雅（小雅大雅）(13)周頌(14)魯頌(15)商頌，本表依之。
〔商代〕 太甲之世（33年）1753–1721 一篇			商頌一篇 那	詩序：「那，祀成湯也」，孔疏：「那祀成湯，經稱湯孫。箋以湯孫爲太甲，則那之作當太甲時也。」

太戊之世（75年）1637-1563 一篇	武丁之世（59年）1324-1266 三篇	〔周代〕文王之世（50年）1186-1135 三七篇
		〔正風二三篇〕 周南一一篇 關雎 葛覃 卷耳 樛木 螽斯 桃夭 兎罝
		〔正雅十四篇〕 正小雅八篇 鹿鳴 四牡 皇皇者華 伐木 天保 采薇 出車
商頌一篇 烈祖	商頌三篇 玄鳥 長發 殷武	

鄭玄詩譜序云：「文武之德，光熙前緒，以集大命於厥身，遂爲天下父母，使民有政有居，其時詩風有周南召南，雅有鹿鳴文王之屬，及成王周公致太平，制禮作樂，而有頌聲興焉，盛之至也……謂之詩之正經。」

芣苢
漢廣
汝墳
麟之趾
召南十二篇
鵲巢
采蘩
草蟲
采蘋
行露
羔羊
殷其靁
摽有梅
小星
江有汜
野有死麕
騶虞

杕杜
正大雅六篇
棫樸
旱麓
靈臺
緜
思齊
皇矣

武王之世（19年）1134–1116 六篇	成王之世（37年）1115–1079（周公攝政）六〇篇
〔正風二篇〕 召南二篇 甘棠 何彼襛矣	〔變風七篇〕 豳風七篇 七月 鴟鴞 東山 破斧 伐柯 九罭 狼跋
〔正雅四篇〕 正小雅四篇 南陔 白華 華黍 魚麗	〔正雅二三篇〕 正小雅十篇 常棣 南有嘉魚 南山有臺 由庚 崇丘 由儀 蓼蕭 湛露 彤弓
	周頌三一篇 清廟 維天之命 維清 烈文 天作 昊天有成命 我將 時邁 執競

菁菁者莪
正大雅十二篇
文王
大明
下武
文王有聲
生民
行葦
既醉
鳧鷖
假樂
公劉
泂酌
卷阿

思文
臣工
噫嘻
振鷺
豐年
有瞽
潛
雝
載見
有客
武
閔予小子
訪落
敬之
小毖
載芟
良耜
絲衣

懿王之世 (25年) 934-910 五篇	夷王之世 (16年) 894-879 一篇
〔變風五篇〕 齊風五篇 （齊哀公） 雞鳴 還 著 東方之日 東方未明	〔變風一篇〕 邶風一篇 （衞頃公） 柏舟
酌　桓　賚　般	

鄭玄詩譜序云：「孔子錄懿王夷王時詩，訖於陳靈公淫亂之事，謂之變風變雅。」歐陽修敍各國變風之始起曰：「諸侯之詩無正風，其變風自懿王始作：懿王時齊風始變，至夷王時，衞風始變，次厲王時陳風始變。周召共和，唐風始變，次宣王時秦風始變。至平王時，鄭風始變。惠王時曹風始變。陳最後至頃王時，猶有靈公之詩」（詩圖總序）陳靈公詩，實止於定王，已代更正。檜魏無世次，故不作確定語。

四篇（夷厲之際）	厲王之世（37年）878–842	一一篇
〔變風四篇〕 檜風四篇 羔裘 素冠 隰有萇楚 匪風	〔變風二篇〕 陳風二篇 （陳幽公） 宛丘 東門之枌	
〔變雅九篇〕 變小雅四篇 十月之交 雨無正 小旻 小宛 變大雅五篇 民勞 板 蕩 抑		

時代	篇數	風	雅
共和行政（14年）841-828	一篇	〔變風一篇〕唐風一篇（晉僖公）蟋蟀	桑柔
宣王之世（46年）827-782	二五篇	〔變風五篇〕鄘風一篇（衞武公）柏舟；秦風一篇（秦仲）車鄰；陳風三篇（陳僖公）衡門、東門之池	〔變雅二〇篇〕變小雅十四篇：六月、采芑、車攻、吉日、鴻雁、庭燎、沔水、鶴鳴、祈父

幽王之世 (11年) 781–771

四二篇

東門之楊

白駒
黃鳥
我行其野
斯干
無羊
變大雅六篇
雲漢
崧高
烝民
韓奕
江漢
常武

〔變雅四二篇〕

變小雅四〇篇
節南山
正月
小弁

巧言
何人斯
巷伯
谷風
蓼莪
大東
四月
北山
無將大車
小明
鼓鐘
楚茨
信南山
甫田
大田
瞻彼洛矣
裳裳者華
桑扈

鴛鴦
頍弁
車舝
青蠅
賓之初筵
魚藻
采菽
角弓
菀柳
都人士
采綠
黍苗
隰桑
白華
緜蠻
瓠葉
漸漸之石
苕之華

平王之世（51年）770–720

三二篇

〔變風三二篇〕

邶衞四篇

（衞武公）

（衞）淇奧

（衞莊公）

（邶）綠衣

（衞）考槃

碩人

鄭風七篇

（鄭武公）

緇衣

（鄭莊公）

將仲子

何草不黃

變大雅二篇

瞻卬

召旻

叔于田
大叔于田
羔裘
遵大路
女曰鷄鳴
魏風五篇
葛屨
汾沮洳
園有桃
陟岵
十畝之間
唐風六篇
（晉昭公）
山有樞
揚之水
椒聊
綢繆
杕杜

羔裘

秦風四篇
（秦襄公）

駟驖

小戎

蒹葭

終南

王風六篇

黍離

君子于役

君子陽陽

揚之水

中谷有蓷

葛藟

（變風三五篇）

邶鄘衛二六篇

（州吁）

桓王之世（23年）
719-697

三五篇

（邶）
燕燕
日月
終風
擊鼓
凱風
（衞宣公）
（邶）
雄雉
匏有苦葉
谷風
式微
旄丘
簡兮
泉水
北門
北風
靜女

新臺
二子乘舟
（衞）
氓
竹竿
伯兮
有狐
（衞惠公）
（鄘）
牆有茨
君子偕老
桑中
鶉之奔奔
（衞）
芄蘭
鄭風二篇
（鄭昭公）
有女同車

(鄭厲公)
褰裳
魏風二篇
伐檀
碩鼠
唐風一篇
(小子侯)
鴇羽
陳風一篇
(陳厲公)
墓門
王風三篇
兎爰
采葛
大車

莊王之世(15年)
696-682
一五篇

〔變風十五篇〕
鄭風八篇
(鄭昭公)
山有扶蘇
蘀兮
狡童
丰
東門之墠
風雨
子衿
揚子水
齊風六篇
(齊襄公)
南山
甫田
盧令
敝笱
載驅

釐王之世（5年）681-677 四篇	惠王之世（25年）676-652 九篇

猗嗟

王風一篇

丘中有麻

〔變風四篇〕

鄭風二篇

（鄭厲公）

出其東門

野有蔓草

唐風二篇

（晉武公）

無衣

有杕之杜

〔變風九篇〕

鄘風二篇

（衛戴公）

載馳

（衞文公）
定之方中
鄭風二篇
（鄭厲公）
溱洧
（鄭文公）
清人
唐風二篇
（晉獻公）
葛生
采苓
陳風二篇
（陳宣公）
防有鵲巢
月出
曹風一篇
（曹昭公）
蜉蝣

襄王之世（33年）651–619
一七篇

〔變風十三篇〕
鄘衞五篇
（衞文公）
（鄘）
蝃蝀
相鼠
干旄
（衞）
河廣
木瓜
秦風五篇
（秦穆公）
渭陽
黃鳥
（秦康公）
晨風
無衣

魯頌四篇
（魯僖公）
駉
有駜
泮水
閟宮

定王之世 (21年) 606-586 二篇	權輿 曹風三篇 (曹共公) 候人 鳲鳩 下泉 〔變風二篇〕 陳風二篇 (陳靈公) 株林 澤陂			詩序：「株林，刺靈公也，淫乎夏姬，驅馳而往，朝夕不休息焉。」鄭箋：「夏姬，陳大夫妻，夏徵舒之母，鄭女也」。陳靈公名平國，春秋經宣公十年五月：「癸巳，陳夏徵舒弒其君平國」。魯宣公十年，即周定王八年，西元前五九九年。

歐公於序文中自述其譜圖體例云：「予之舊圖，起自諸國得封，而止於詩止之君。旁繫于周，以世相當，而詩列右方，依鄭所謂循其上而省其下，及旁行而考之之說也。然有一君之世當周數王者，則考其詩當在某王之世，隨事而列之。如鄘柏舟、衞淇澳，皆衞武公之詩。柏舟之作乃武公即位之初年，當繫宣王之世；淇澳美其入相，當在平王之時，則繫之平王之世。其詩不可

知其早晚，其君又當數世之王，則皆列於最後。如曹共公身歷惠、襄、頃三世之王，其詩四篇，頃王之世之類是也。今既補之，鄭則第取有詩之君而略其上下不復次之，而粗述其興滅于後，以見其終始。若周之詩，失其世次者多，今爲鄭補譜，且從其說而次之。」歐公是依鄭說爲其詩譜補亡，並不依他自己的主張，將關雎移後爲康王時詩卽其例。

但歐公補亡次第，未悉承鄭氏之舊，他於補亡後序云：「周南、召南、邶、鄘、衞、王、鄭、齊、豳、秦、魏、唐、陳、（檜）、曹，此孔子未刪之前，周太師樂歌之次第也。周、召、邶、鄘、衞、王、檜、鄭、齊、魏、唐、秦、陳、曹、豳，（通志堂本、四部叢刊本均誤檜在陳後，又脫齊字此據居士集卷第四一的補亡後序文）此鄭氏詩譜次第也。黜檜後陳，此今詩次比也。」而歐公補亡，又將王風改列豳後二雅前，他說：「周召王豳，同出於周。」則意謂王雖黜爲變風，實本屬雅詩，故與豳風同列雅前也。

歐公於補亡後序中自述：「凡補譜十有五，補其文字二百七，增損塗乙改正者八百八十三，而鄭氏之譜復完矣。」可是到南宋時，十五譜已失其三，周魯商三頌譜俱佚，所存十二，亦已脫誤零亂，雖經納蘭容若校訂，亦難復其舊觀，況歐公譜中原有疏漏處，於是有吳騫之後訂及丁晏之考正出焉。

歐公補亡詩譜圖，以周王的年代爲單位，一國的國君跨越了兩三個周王年代的，則此國君時代的詩，能知其作於何王時代者，卽分屬其王之左旁。例如衞武公立於周宣王十六年，在位五十五年，中經幽王時代，死時已在平王十三年，身經宣、幽、平三朝。據詩序，衞武公時有鄘風柏舟、衞風淇奧兩詩，柏舟是他的哥哥世子共伯餘早死，其妻共姜自誓守節的詩；而淇奧則是武公入相於平王，人家讚美他的詩。所以邶鄘衞譜圖中衞武公列於宣、幽、平三王之左，分別將柏舟列於宣王時代，淇奧列於平王時代。這樣，對於作詩年代，分別得很清楚，容易查考了。如果一個國君跨越了兩三個周王而他在位時代的詩，分別不出早晚的，歐公採取列於最後一個周王的時代。例如曹共公，身歷惠、襄、頃三王時代，那時產生的曹詩候人、鳲鳩、下泉三篇，歐公就都繫於周頃王之旁。惠王、襄王旁繫共公之名而不繫詩。

吳譜承襲了歐譜的傳統，但也發現了歐譜的缺點，他在曹譜的圖後的附註中說：「按歐補候人以下三詩列於頃王，卽序所謂其詩不知早晚，則列於最後者也。然考共公立於惠王末年，卒於頃王元年秋，其在襄王時三十餘年，不應無一詩，而在頃王時半歲，却有三詩，且如序所云，近小人侵刻下民等，亦不必定在臨卒之數月。馬氏繹史，列三詩於襄世，今從之。」於是破歐公例而將候人等三詩改列於襄王左手的共公之旁了。兪思謙更讚美他「候人列襄世，國語說尤古。」（國語說已見前）原來吳譜是據戴東原的考正，再加校訂而成，頗重考證工夫，故稱「詩譜補亡後訂」。可惜他改訂之處，有說明的很少。

丁譜每篇詩都有詩序及毛傳鄭箋孔疏有關資料的摘要，所以敢於改變了歐補的傳統，將每一國君所屬兩三個周王，寫在一格之中，就是放棄了歐譜周王本位主義，而建立起國君本位主義來。這樣仔細查閱起來，可知每篇詩的背境。但也失去了一目瞭然的便利，例如邶鄘衞譜的武公一欄，右旁是宣、幽、平三字，左旁是鄘柏舟、衞淇奧兩篇名，雖詳註兩詩資料，不作在何王時代的斷語，就讓我們看了仍未確切知曉。而像曹譜共公時的候人、鳲鳩、下泉三詩，歐補明白繫於頃王，吳譜明白繫於襄王，丁譜則只能知在惠、襄、頃三王的時代了。

胡元儀的毛詩譜是一個總表，上列周王年代，下分：(1)周南召南(2)邶鄘衞(3)檜鄭(4)齊(5)魏(6)唐(7)秦(8)陳(9)曹(10)豳(11)王(12)大小雅(13)周頌(14)魯頌(15)商頌十五格，將國君諡號，其時詩篇名都依周王前後向左旁行填入。這樣，我們要查考某一周王時代有些什麼詩就很方便了。例如我們要知道宣王中興時代有些什麼大雅小雅，什麼頌，什麼國風，只要一查宣王時代便知道了。我查看的結果：雅有：六月、采芑、車攻、吉日、鴻雁、庭燎、沔水、鶴鳴、祈父、白駒、黃鳥、我行其野、斯干、無羊、雲漢、崧高、烝民、韓奕、江漢、常武共二十篇，未分大小雅，而對宣王的美刺都註明。頌有宋戴公時商頌那、列祖、玄鳥、長發、殷武五篇，是以爲宋大夫正考父得商頌于周太師而列此。國風則有衞國武公時詩柏舟、淇奧二篇（未標明鄘與衞），秦國秦仲時的車鄰一篇，陳國僖公時的衡門、東門之池、東門之楊三篇。

我覺得吳譜的辦法很好。但是十五格橫看還是不很方便，於是我更簡化十五格爲十五國風、二雅、三頌的三欄，以定大局。周王時代，並加西元前年數的換算，每一周王時詩篇並分別風雅頌計其總數載於前，儘量向一目瞭然的方向進行設計，所以定名爲一覽表。但我覺胡氏的考證工夫是可議的，像商頌五篇，我不根據近人考證結果，列爲宋襄公時詩，但也不能因正考父是宣王時代人，便列商頌五篇爲宣王時詩，因爲此五詩得諸周太師，應解釋爲周太師所保存的商代頌詩。其次衞武公時代的二詩，歐公已分別清楚，一繫於宣王，一繫於平王，胡氏竟仍糊裏糊塗都繫於宣王時代，未免太馬虎了。所以我的一覽表中，宣王時代只有變小雅十四篇、變大雅六篇，和鄘、秦、陳三國的變風五篇，較胡譜少了商頌五篇、衞風淇奥一篇。

這是我參考丁、吳、胡三書，將歐公詩譜補亡改編成詩譜世次一覽表的經過，並略評其得失。我此表的得失，則尙待大家評定，我要特別聲明的，就是我也抱與歐公相同的態度，但求鄭譜的完整，而不以自己的主觀更改鄭氏的觀點，這只是作爲我對詩經學史上第一部詩譜的整理工作，以便將來有力時，再爲宋代、淸代以及現代學者對三百篇的新見解，也同樣作成世次一覽表以爲比較。現在從這一覽表中，我們至少可淸楚地看到十五國風起迄的年代，與我們所主，有所比較，而鄭玄腦中周詩的年代，起自文王，下迄陳靈公淫亂之事，從表中，也可查出從西元前一一八四年到五九九年的五百八十多年來，若追溯到商詩太甲的西元前一七五三年，則詩經的年代，就長達一千一百餘年了。

末了，歐公在詩圖總序的結尾，提出了對孔子刪詩問題的意見。他說：

「司馬遷謂古詩三千餘篇，孔子刪之，存者三百。鄭學之徒，皆以遷說爲謬，言古詩雖多，不容十分去九，以予考之，遷說然也。何以知之？今書傳所載逸詩，何可數焉？以圖推之，有更十君而取其一篇者，又有二十餘君而取其一篇者。由是言之，何啻乎三千？詩三百十一篇，亡者六篇，存者三百五篇云。」這是他對孔穎達爲鄭玄詩譜作疏，對史公的古詩三千之說，提出異議的反駁。

孔疏的原文是：「案書傳所引之詩，見在者多，亡逸者少，則孔子所錄，不容十分去九，馬遷言古詩三千餘篇，未可信也。」其實孔穎達也是支持刪詩之說的，只是不信孔子刪去了十分之九那末多而已。左傳正義季札觀樂的孔疏，就說：「仲尼以前，篇目先具，其所刪削，蓋亦無多。」這就說得更明白了。

歐公又詳述刪詩的細節說：「又刪詩云者，非止全篇刪去，或篇刪其章，或章刪其句，句刪其字，如『唐棣之華，偏其反而，豈不爾思？室是遠而！』此小雅常棣之詩，夫子謂其以室爲遠，害於兄弟之義，故篇刪其章也。『衣錦尙絅』文之著也，此鄘風君子偕老之詩，夫子謂其盡飾之過，恐其流而不返，故章刪其句也。『誰能秉國成？不自爲政，卒勞百姓。』此小雅節南山之詩，夫子以能字爲意之害，故句刪其字也。」

這樣，歐公成爲主張孔子刪詩陣營中的主將，爲孔子刪詩說建立了强固的基礎。由歐公掀起了刪詩問題的軒然大波，無人抵擋得住，直到清人朱彝尊在其經義考卷九十八針對着歐公的論證，一一予以詳實的駁覆，才堵住了主張孔子刪詩者的口。於是有王崧的刪詩乃「太師所爲」的折中之說，因此大家只說：詩經是由孔子整理編定的了。歷代刪詩問題的論辯詳情，可參看外子文開所撰「孔子刪詩問題的論辯」一文，載詩經欣賞與研究續集中。從這刪詩問題中，我們可見歐公早年曾評「司馬遷以爲關雎係周衰之作」，是史氏之失，而後來就改口說：「司馬遷去周秦未遠，其爲說，必有老師宿儒之傳，吾有取焉。現在晚年，對史公的話，是篤信無疑了。

最後，爲更求簡明，我再依據世次一覽表，製成鄭玄詩譜三百篇作詩年代表一張附後：

鄭玄詩譜三百篇作詩年代表

西元前幾世紀	天子	詩篇數 311	商頌 5	周頌 31	魯頌 4	大雅 31	小雅 80
18	成湯	0					
	太甲	1	1				
17	沃丁等4君	0					
16	大戊	1	1				
15、14	仲丁等12君	0					
13	武丁	3	3				
	祖庚等8君	0					
12	文王	37				6	8
	武王	6					4
	成王	60		31		12	10
11	康王	0					
	昭王	0					
10	穆王	0					
	共王	0					
	懿王	5					
9	孝王	0					
	夷王	1					
	夷厲之際	4					
	厲王	11				5	4
	共和	1					
8	宣王	25				6	14
	幽王	42				2	40
	平王	32					
7	桓王	35					
	莊王	15					
	釐王	4					
	惠王	9					
	襄王	17			4		
	頃王	0					
	匡王	0					
	定王	2					
6	簡王	0					

周南 11	召南 14	豳風 7	齊風 11	邶鄘衛 39	檜風 4	陳風 10	唐風 12	秦風 10	鄭風 21	魏風 7	王風 10	曹風 4
11	12											
	2											
		7										
			5									
				1								
					4							
						2						
							1					
				1		3		1				
				4			6	4	7	5	6	
				26		1	1		2	2	3	
			6						8		1	
							2		2			
				2		2	2		2			1
				5				5				3
						2						

製表既竟，對前二表仍覺未臻完滿境地。關於作詩時代的表達，均難一目瞭然。蓋前表明而

不簡，後表簡而不明。欲使時間的距離與詩篇的多寡，有比例的呈現眼前，非斟酌情形，另行設計製圖一幅不爲功。依鄭譜商詩五篇、周詩三〇六篇，而其作詩時間，各爲六個世紀，其比例之懸殊，極難配合於一圖中表達之。故若作一圖，只得放棄商詩五篇，僅就周詩依其時代先後按風雅頌及正變分類，篇數多寡，設計製於一小張圖中，始克便於閱覽。最後，又決去其有目無詩者六篇，僅就今存周詩實數三百篇，製成作詩時代區分圖一幅於後：（夷厲之際四篇權作夷王厲王各二篇計）

鄭玄詩譜周詩三百篇作詩時代區分圖

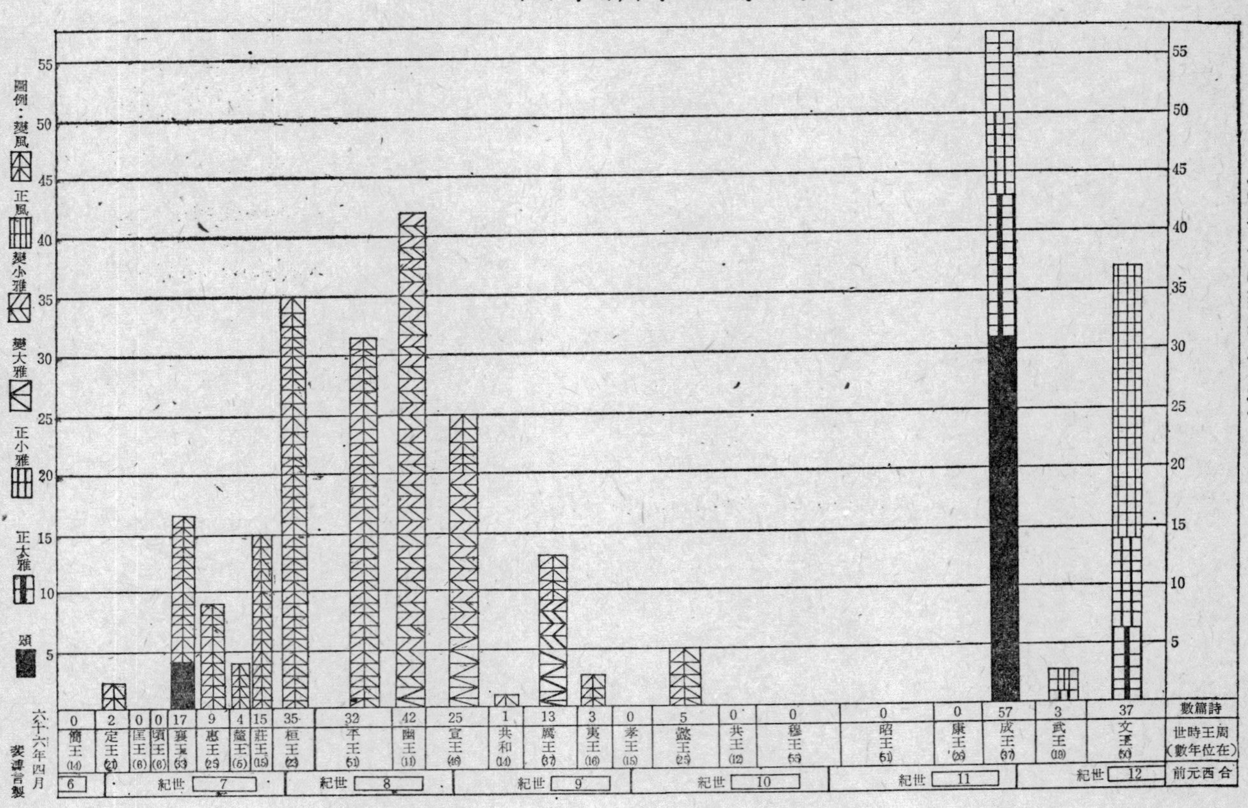

九、結語

對於歐陽修詩本義，我已從其書名、卷帙、版本與內容的各方面着手考察了一番，試就其撰述目的、治學的態度、學詩的方法、寫作技巧以及所得的成果，作深入的研究，而確定其對宋代詩經學的影響及在詩經學歷史上的地位等予以新的評價。

經過八個月的努力，已經撰寫了八萬多字，但覺還是所費心力多而所得的收穫少，現在因爲限於時間，只得暫時結束這一份工作。這裏試將我的心得作一簡單的總報告，以爲工作成果的檢討。

歐公在詩解統序中說：「五經之書，世人號爲難通者，易與春秋。今考於詩，其難亦不讓二經。然而世人反不難而易之，用是通者亦罕。考于先儒亦無幾人。毛鄭二學，其說熾辭辨，固已廣博，然不合於經者，亦不爲少，或失於疎略，或失於謬妄。予欲志鄭學之妄益，毛氏疎略而不至者，合之於經。」毛傳鄭箋有失，他必須予以指正，而求合之於經，這是他寫作的動機與目的。詩本義整部書，就以這目標爲方向而進行的工作。那末，附錄鄭氏詩譜補亡呢？他在詩譜補亡後序中說：「予於鄭氏之學，盡心焉爾，夫盡其說而不通，然復得以論正，予豈好爲異論哉！」要議鄭說得失，必先對鄭學有整個的瞭解，因此他反爲鄭氏詩譜作補亡工作，這就牽涉到他治學的態度問題上來了。

他治學的態度怎樣呢？他主張不輕議人非，見到一鱗半爪便予人以攻擊。他要用客觀的態度，盡心盡力去瞭解整個的學說，然後才論其得失。所以朱子說他：「詩本義中辨毛鄭處，文辭舒緩。」紀昀說他：「和氣平心」。我就要說他：「尊序而議序，敬毛鄭而論毛鄭」了。而讀書貴質疑，提出問題，來盡心解決之。若解決不了，則從闕，闕其不詳可矣。不可牽強附會強不知以爲知。

歐公研究詩經的方法怎樣呢？他教我們要先懂得何者是本？何者是末？主要在得其本，不可捨本逐末。求詩人之意，達聖人之志，是學詩之本；講太師之職，學是詩之末。身爲經師，整理殘缺，以爲義訓，而求詩人之意，達聖人之本，這是經師之本；講太師之職，與妄自爲說，這是經師之末。今之學者，得其本而通其末，斯盡善矣；得其本，不通其末，闕疑可也。

詩本義的前十二卷，都是研求詩人本意的著作，他論毛鄭之失凡詩經一一四篇，其中兼及詩序之失者有十餘篇。我將其各篇內容摘要與朱熹的詩集傳作一對照表，以爲比較，於是明白了後來朱熹撰詩集傳全從其說者凡二十餘篇，部分採其說者亦數十篇，不採歐公意而獨創新說者，僅柏舟（邶）、采葛、丘中有麻、有女同車、山有扶蘇、褰裳、子衿等數篇而已。

歐公研求作詩者本意的方法，是採取孟子的「以意逆志」法。這方法是平心靜氣客觀地從詩經各篇原文，依文解辭，依辭推求詩人作詩的本志，但要怎樣才能做到「不以文害辭，不以辭害志」的地步呢？那就得憑合情合理的「情理」兩字爲準繩了。我從歐公立論中，歸結出「理」有事理、物理、文理之別，而「情」也就是人情的常理。所以可用一「理」字概括之。他也就用這方法去辨毛鄭之失。朱子以玩味詩經本文來說詩，就是從歐公的傳統中來，無怪乎會使朱子也承認歐公是宋代理義之學的先驅了。

詩本義第十三卷的一義解二十篇，雖只解一詩中的一章一句，取舍義十二篇，則對同一詩篇中毛鄭之誰得誰失者，作一取捨，而這三十二篇，我也列表對照，以見朱傳參考歐公的情形。在此，更提示了蘇轍對小序只取首句，亦創意於歐公。

前人對歐公在詩經學史上的地位，向來只被認爲是宋人對毛鄭舊說立異的第一人。而其著作詩本義本身，對宋人的直接影響不大，玆經考察，方知歐公雖尊詩序敬毛鄭，其論和平舒緩。但蘇轍的棄小序首句以下，鄭樵、朱熹的盡廢小序，王柏的刪淫詩，都受詩本義的直接影響。而朱熹詩集傳各篇的採歐公義尤多。例如詩本義十三卷一義解二十篇，與朱傳對照考察，朱子這二十篇受歐公影響，致全棄毛鄭義而另立新說。其二十篇新說中，依歐公義者竟又過半數，達十二篇之多，其影響之大，不言可知。蓋歐公態度雖溫和，其議論却精闢而有力。每一篇詩本義的獲得，均以孟子「以意逆志」法推求出來。而其衡量得失，則以合情合理爲準。詩本義實在是一部以客觀的態度，運用近於科學的方法來治學所得的成果。例如一義解中有客篇的「亦白其馬」句的「亦」字，歐公卽曾擧他篇的「亦傅于天」「人亦有言」等八例，以證明這亦字是語助詞。這種歸納法的考證，確實是旣客觀而又科學的。比清人王引之經傳釋詞解詩經中「亦」字的語助詞，還來得詳密。而歐公在十四卷的本末論，固最爲精闢而重要，僅就魯問一篇來說，他以古文筆法，對魯頌泮水閟宮所述武功的不可信，又作了一番精密而周詳的考證。清代考證學雖發達，其考證文字的動人，也只有崔東壁可望其項背。這些，都是詩本義應有的新評價。

但詩本義第十五卷統解九篇，却與前十四卷的內容，有許多重複與矛盾的地方。依我研究的結果，這是他早年所寫，到晚年定稿時棄置不用，而後人爲珍惜他的文字，又檢來附入的。此卷文字，確有牽强處，這也可見他晚年治學格外嚴謹的一斑。

詩本義的附錄鄭玄詩譜補亡，在詩經學史上也很重要。本來是可以另作爲一篇專題來研究的。這裏我只做了參考清人吳騫的詩譜補亡後訂、丁晏的鄭氏詩譜改正及胡元儀的毛詩譜來綜合考察所得，製成鄭玄詩譜所列三百篇世次一覽表、鄭玄詩譜三百篇作詩年代表及周詩三百篇作詩時代區分圖各一，以適應現代人的需要。進一步的研究，請待諸異日。

中華民國六十六年四月初稿於國立臺灣大學

附錄

歐陽修詩本義青蠅篇評析

歐陽修是宋代文壇的第一號領袖，他的古文，他的詩，固領導着有宋一代的新局面，他的經學更引發了自漢以來八百年未有的大波瀾。尤其是他的詩本義一書的評論毛鄭，影響當時的詩經學，掀起了鄭樵、朱熹推翻詩序的大革命。由朱熹的詩集傳，來代替毛詩正義的正統地位，他詩本義的內容和對朱熹集傳影響的深遠，甚至朱熹集傳最受人攻擊的淫詩新解，也導源於詩本義的評論。歐陽修詩本義對毛鄭所持態度雖仍尊敬，而其辨析却極細密而犀利。一字之訓釋，一義之得失，都很認眞，但也不免有疏忽之處。現在我拈出其卷九青蠅篇對毛鄭評析的短短二百十八字爲例，作爲小小的樣品來加以一番研究。

先抄錄其全部原文如下：

論曰：青蠅之汚黑白，不獨鄭氏之說，前世儒者亦多見於文字；然蠅之爲物，古今理無不同，不知昔人何爲有此說也?今之青蠅，所汚甚微，以黑點白，猶或有之；然其微細不能變物之色。詩人惡讒言變亂善惡，其爲害大，必不引以爲喻；至變黑爲白，則未嘗有之；乃知毛義不如鄭說也。齊詩曰：「匪鷄則鳴，蒼蠅之聲。」蓋古人取其飛聲之衆，可以亂聽，猶今謂「聚蚊成雷」也。

本義曰：青蠅之爲物甚微，至其積聚而多也，營營然往來飛聲，可以亂人之聽，故詩人引以喻讒言漸漬之多，能致惑爾。其曰：「止于樊」者，欲其遠之，當限之於藩籬之外，鄭說是也。棘榛皆所以爲藩也。

他的主旨在「本義曰」一節，而「論曰」一節，則是他評析毛傳鄭箋得失以及他論證的所在。這青蠅篇的主旨，在闡明青蠅篇以蠅聲之亂耳，喻讒言之惑人，而非蠅之變白爲黑。我們試看詩序及毛傳鄭箋原文：

詩序：「青蠅，大夫刺幽王也。經文：『營營青蠅，止于樊。』毛傳：『興也。營營，往來貌。樊，藩也。』鄭箋：『興者，蠅之爲蟲，汚白使黑，汚黑使白，喻佞人變亂善惡也。言『止于藩』，欲外之會遠物也。」其下經文則爲：「豈弟君子，無信讒言。」雙方的原文已羅陳在面前，於是我們可以談本義的第一點。歐陽修針對着毛傳「營營，往來貌。」加以攻擊，說「營營」應該是「營營然往來飛聲」，非狀態詞，而係摹聲詞，因爲青蠅之所以「喻讒言」，在其「亂人之聽」。並舉齊風鷄鳴篇的「匪鷄則鳴，蒼蠅之聲」爲證，蓋歐陽修認爲鷄鳴詩中夫婦夜眠聞蠅聲誤以爲遠處鷄鳴也。他的理由十分充足，所以朱熹撰詩集傳時就捨毛傳的訓「營營」爲「往來貌」而採歐義的「往來飛聲」！並襲其說明，亦曰：「亂人聽也。」且解首章爲「詩人以王好聽讒言，故以青蠅飛聲比之，而戒王以勿聽也。」鄭箋根據毛傳的青蠅往來，只好以喻「佞人變亂善惡」，但下句經文，却說：「無信讒言」，當然又不如詩本義的以蠅聲喻讒言來得直捷而明朗。因此朱傳連將毛傳的「興也」也放棄，而改標爲「比也」了。這種小地方，朱熹詩集傳受歐陽修詩本義影響的深遠就已顯露出來。或有人問歐朱的訓營營爲往來飛聲，在文字訓詁學上，有何根據？我們可以回答：摹聲詞固常借同音字加口旁以應之，像摹蜂聲之「嗡嗡」，小雅庭燎的「鸞聲噦噦」，但也可直接借用同音字的，像「鸞聲將將」的「將將」（庭燎）、「伐鼓淵淵」的「淵淵」（采芑）、「削屢馮馮」的「馮馮」（緜）都是。所以「營營」的可爲摹聲詞，是不成問題的。

本義的第二點「止于樊」者，欲其遠之，他同意鄭箋之說，我們也予認同，不必討論。

至於「論曰」的「毛義不如鄭說」，其所指極含混，若說是指毛傳「往來貌」或毛傳的「興也」不如鄭箋之說，但鄭箋的「汚白使黑，汚黑使白」，正是毛傳青蠅往來的結果，而其曲於「喻佞人變亂善惡」之前冠以「興者」兩字，明爲釋毛之「興也」，而非不同意毛傳的指青蠅爲興體。就連詩序「青蠅，大夫刺幽王也」句，非但毛鄭遵守，就是歐陽修本人以及後來的朱熹，也未表示一點不認同的意見。那末，歐陽修所謂「毛義不如鄭說」究竟是指什麼？我們細案他的原文，他是不讚同青蠅之喻爲以其「汚黑白」來喻佞人，更反對青蠅有「變黑爲白」的能力。可是這裏他就疏忽了鄭箋初言蠅能「汚白使黑，汚黑使白」繼言「喻佞人變亂善惡」，終於用一「變」字，可知其「汚黑使白」意卽「變黑爲白」，歐陽修的承認青蠅「汚黑白」，而否定其「變黑爲白」，怎能說是「毛義不如鄭說」呢？而且毛傳根本未提青蠅的「汚黑白」或「變黑白」，普賢按：變黑白之說，實出於早於鄭玄的王逸。

楚辭九歎：「若青蠅之僞質兮，晉驪姬之反情。」王逸註：「僞，變也。青蠅變白使黑，變黑成白，以喻讒佞。」鄭玄箋詩採之，意其變黑白，由於其汚染，故改爲「汚白使黑，汚黑使白」而下言「喻佞人變亂善惡也」，當然他的話，就較王註爲清楚，所以歐陽修只能說：「王義不如鄭說」，而不能牽涉到毛義的。若說歐陽修這句本來是「王義不如鄭說」，故前文有「青蠅之汚黑白，不獨鄭氏之說，前世儒者亦多見於文字」的話，後人疑「王」字爲「毛」字之誤，故改爲「毛」字。但他這裏以「鄭氏之說」與「前世儒者」作相等的評估，未加軒輊；且未提前儒爲王逸，那能忽然冒出「王義不如鄭說」的話？況且他的詩本義就以評論毛鄭優劣爲重點的。所以他這一節「論曰」，非但所指含混，實亦頗爲疏忽。

附：本文應用書目

一、詩本義　歐陽修撰　通志堂經解本　臺灣大通書局
四部叢刊本　上海商務印書館
四庫全書文淵閣手抄本　臺北故宮博物院圖書館
二、歐陽修全集　世界書局版
三、毛詩鄭箋　新興書局版
四、毛詩正義　臺灣中華書局版
五、朱子語類　正中書局版
六、朱子大全　中華書局版
七、詩集傳　朱熹撰　中新書局版
八、詩疑　王柏　通志堂經解本
九、宋史　脫脫等　藝文印書館
十、宋史紀事本末　陳邦瞻　三民書局
十一、經學歷史　皮錫瑞　藝文印書館

十二、中國經學史　本田成之　古亭書屋
十三、中國經學史　馬宗霍　商務印書館
十四、經學源流考　甘鵬雲　維新書局
十五、四庫全書簡明目錄　紀昀等　世界書局
十六、詩譜補亡後訂　吳騫　拜經樓叢書　光緒乙酉重刊本
十七、毛詩譜　胡元儀　皇清經解續編
十八、鄭氏詩譜考正　丁晏　皇清經解續編　藝文
十九、經傳釋詞　王引之　世界書局
二〇、經詞衍釋　吳昌瑩　世界書局
二一、春秋三傳　五經讀本　啓明書局

本書作者譯著目錄一覽

(甲) 著作

1. 經學概述 開明書店
2. 中印文學研究 商務印書館
3. 詩經研讀指導 東大圖書公司
4. 詩經欣賞與研究初集 三民書局
5. 詩經欣賞與研究續集 三民書局
6. 詩經欣賞與研究三集 三民書局
7. 詩經相同句及其影響 三民書局

8. 詩詞曲疊句欣賞研究　三民書局
9. 中國文學欣賞　三民書局
10 集句詩研究　學生書局
11 集句詩研究續集　學生書局
12 歐陽修詩本義研究　東大圖書公司
13 詩經的比較研究與欣賞　（即出）

（乙）譯作

1. 泰戈爾詩橫渡集　三民書局
2. 泰戈爾詩園丁集　三民書局
3. 泰戈爾小說戲劇集　三民書局

滄海叢刊已刊行書目（四）

書名	作者	類別
詩經研讀指導	裴普賢	中國文學
莊子及其文學	黃錦鋐	中國文學
歐陽修詩本義研究	裴普賢	中國文學
清眞詞研究	王支洪	中國文學
宋儒風範	黃金裕	中國文學
紅樓夢的文學價值	羅盤	中國文學
中國文學鑑賞舉隅	黃慶萱 許家鸞	中國文學
浮士德研究	李辰冬譯	西洋文學
蘇忍尼辛選集	劉安雲譯	西洋文學
印度文學歷代名著選(上)	糜文開	西洋文學
文學欣賞的靈魂	劉述先	西洋文學
現代藝術哲學	孫旗	藝術
音樂人生	黃友棣	音樂
音樂與我	趙琴	音樂
爐邊閒話	李抱忱	音樂
琴臺碎語	黃友棣	音樂
音樂隨筆	趙琴	音樂
樂林蓽露	黃友棣	音樂
樂谷鳴泉	黃友棣	音樂
水彩技巧與創作	劉其偉	美術
繪畫隨筆	陳景容	美術
素描的技法	陳景容	美術
藤竹工	張長傑	美術
都市計劃概論	王紀鯤	建築
建築設計方法	陳政雄	建築
建築基本畫	陳榮美 楊麗黛	建築
中國的建築藝術	張紹載	建築
現代工藝概論	張長傑	雕刻
藤竹工	張長傑	雕刻
戲劇藝術之發展及其原理	趙如琳	戲劇
戲劇編寫法	方寸	戲劇

滄海叢刊已刊行書目（三）

書名	作者	類別
藍天白雲集	梁容若	文學
寫作是藝術	張秀亞	文學
孟武自選文集	薩孟武	文學
歷史圈外	朱桂	文學
小說創作論	羅盤	文學
往日旋律	幼柏	文學
現實的探索	陳銘磻編	文學
金排附	鍾延豪	文學
放鷹	吳錦發	文學
黃巢殺人八百萬	宋澤萊	文學
燈下燈	蕭蕭	文學
陽關千唱	陳煌	文學
種籽	向陽	文學
泥土的香味	彭瑞金	文學
無緣廟	陳艷秋	文學
鄉事	林清玄	文學
余忠雄的春天	鍾鐵民	文學
卡薩爾斯之琴	葉石濤	文學
青囊夜燈	許振江	文學
我永遠年輕	唐文標	文學
思想起	陌上塵	文學
心酸記	李喬	文學
離訣	林蒼鬱	文學
孤獨園	林蒼鬱	文學
托塔少年	林文欽編	文學
北美情逅	卜貴美	文學
抗戰日記	謝冰瑩	文學
韓非子析論	謝雲飛	中國文學
陶淵明評論	李辰冬	中國文學
文學新論	李辰冬	中國文學
分析文學	陳啓佑	中國文學
離騷九歌九章淺釋	繆天華	中國文學
累廬聲氣集	姜超嶽	中國文學
苕華詞與人間詞話述評	王宗樂	中國文學
杜甫作品繫年	李辰冬	中國文學
元曲六大家	應裕康 王忠林	中國文學
林下生涯	姜超嶽	中國文學

滄海叢刊已刊行書目（二）

書名	作者	類別
國家論	薩孟武譯	社會
紅樓夢與中國舊家庭	薩孟武	社會
社會學與中國研究	蔡文輝	社會
財經文存	王作榮	經濟
財經時論	楊道淮	經濟
中國管理哲學	曾仕强	管理
中國歷代政治得失	錢穆	政治
先秦政治思想史	梁啓超原著 賈馥茗標點	政治
憲法論集	林紀東	法律
憲法論叢	鄭彥棻	法律
黃帝	錢穆	歷史
歷史與人物	吳相湘	歷史
歷史與文化論叢	錢穆	歷史
國史新論	錢穆	歷史
中國人的故事	夏雨人	歷史
精忠岳飛傳	李安	傳記
弘一大師傳	陳慧劍	傳記
中國歷史精神	錢穆	史學
中國文字學	潘重規	語言
中國聲韻學	潘重規 陳紹棠	語言
文學與音律	謝雲飛	語言
還鄉夢的幻滅	賴景瑚	文學
葫蘆・再見	鄭明娳	文學
大地之歌	大地詩社	文學
青春	葉蟬貞	文學
比較文學的墾拓在臺灣	古添洪 陳慧樺	文學
從比較神話到文學	古添洪 陳慧樺	文學
牧場的情思	張媛媛	文學
萍踪憶語	賴景瑚	文學
讀書與生活	琦君	文學
中西文學關係研究	王潤華	文學
文開隨筆	糜文開	文學
知識之劍	陳鼎環	文學
野草詞	韋瀚章	文學
現代散文欣賞	鄭明娳	文學

滄海叢刊已刊行書目（一）

書名	作者	類別
中國學術思想史論叢(一)(二)(三)(四)(五)(六)(七)(八)	錢穆	國學
兩漢經學今古文平議	錢穆	國學
先秦諸子論叢	唐端正	國學
湖上閒思錄	錢穆	哲學
中西兩百位哲學家	黎建球 鄔昆如	哲學
比較哲學與文化(一)	吳森	哲學
比較哲學與文化(二)	吳森	哲學
文化哲學講錄(一)	鄔昆如	哲學
哲學淺論	張康譯	哲學
哲學十大問題	鄔昆如	哲學
哲學智慧的尋求	何秀煌	哲學
老子的哲學	王邦雄	中國哲學
孔學漫談	余家菊	中國哲學
中庸誠的哲學	吳怡	中國哲學
哲學演講錄	吳怡	中國哲學
墨家的哲學方法	鐘友聯	中國哲學
韓非子哲學	王邦雄	中國哲學
墨家哲學	蔡仁厚	中國哲學
中國哲學的生命和方法	吳怡	中國哲學
希臘哲學趣談	鄔昆如	西洋哲學
中世哲學趣談	鄔昆如	西洋哲學
近代哲學趣談	鄔昆如	西洋哲學
現代哲學趣談	鄔昆如	西洋哲學
佛學研究	周中一	佛學
佛學論著	周中一	佛學
禪話	周中一	佛學
天人之際	李杏邨	佛學
公案禪語	吳怡	佛學
不疑不懼	王洪鈞	教育
文化與教育	錢穆	教育
教育叢談	上官業佑	教育
印度文化十八篇	糜文開	社會
清代科學	劉兆璸	社會
世界局勢與中國文化	錢穆	社會